농촌 청년
성공스토리

농촌 청년 성공스토리

초판 1쇄 인쇄 2024년 01월 03일
초판 1쇄 발행 2024년 01월 10일

지은이 김지영 외 26명
펴낸이 김헌준
기 획 농촌진흥청 청년농업인육성팀 편 집 이숙영 디자인 전영진
펴낸곳 소금나무
주소 서울 양천구 목동로 173 우양빌딩 3층 ㈜시간팩토리
전화 02-720-9696 팩스 070-7756-2000
메일 siganfactory@naver.com
출판등록 제2019-000055호(2019.09.25.)

ISBN 979-11-983831-4-3 03810

본 저작물은 농촌진흥청에서 진행한 "청년농업인 영농생활 수기 공모"의
수상작 26편을 공공누리 제1유형으로 개방한 자료를 이용하였습니다.

농촌 청년 성공스토리

농촌진흥청

영농생활수기 수상작 모음집

소금나무

발간사

청년 농업인의 성장과 발전을 위한 조력자로서 최선을 다하고 활기찬 농업·농촌, 더 나은 미래를 위해 노력하겠습니다.

농촌진흥청이 올해 처음 시작한 영농 수기 공모전에는 생각보다 많은 청년 농업인들이 참여해주었습니다. 응모해주신 모든 분께 지면으로나마 감사 인사를 드립니다.

청년 농업인은 농촌사회를 젊게 하는 활력소가 됩니다. 하지만 아직 농업·농촌에는 청년이 많지 않은 것이 사실입니다. 농업인 고령화와 농촌지역 주민감소 등으로 인구구조가 변화하면서 상대적으로 청년층이 부족해진 이유도 있지만, 농업은 고되고 돈을 벌기 힘든 일이라는 부정적 인식이 강한데다 어렵게 농업을 시작했더라도 기술 부족, 농지 및 자금 확보의 어려움으로 영농활동을 이어가기 어려운 상황에 놓여 있기 때문입니다.

이 책에서 만나게 되는 청년들은 농업·농촌에 대한 편견을 넘어 농업·농촌이 가진 잠재력과 발전 가능성을 보고 농업을 선택한 주인공들입니다. 농업인이 되겠다고 결심한 때부터 크고 작은 난관에 부딪히며 포기하고 싶은 순간도 있었지만, 정부가 지원하는 사업과 교육 등을 통해 안착할 수 있는 기반을 조성했고, 무엇보다 자신의 선택을 절대 후회하지 않겠다는 집념이 큰 힘이 되었다고 합니다.

이들은 단순히 농사를 짓는 것이 아니라 창의적인 아이디어와 농업기술을 접목해 이전 세대와는 다른 농업의 새 지평을 열며 지역사회에 기여하고 환경을 보호하며 밝은 미래를 향해 길을 개척하고 있습니다.

진솔하고 담백한 문체로 써 내려간 각각의 이야기에는 저마다의 개성이 드러나 있습니다. 농업인이 되어야겠다고 결심한 계기는 물론 영농 정착 과정에서 겪었던 다양한 에피소드, 농업에 대한 신념과 앞으로 이뤄나갈 꿈을 담아낸 점이 무척 인상 깊었습니다. 특히 예비 청년 농업인과 영농 정착 초기에 있는 청년 농업인이 공감할만한 내용도 많아 여러모로 도움이 될 것으로 생각합니다.

청년이 영농을 시작한다는 것은 하나의 직업을 가진다는 것으로 볼 수 있지만, 더 나아가 농업·농촌과 자신의 삶이 함께한다는 의미이기도 합니다. 미래 농업·농촌을 이끌어갈 우리 청년 농업인을 위해 아낌없는 격려와 응원을 보내주시길 바랍니다.

끝으로 '청년 농업인 영농 수기집' 발간을 위해 애써주신 모든 분께 감사의 인사를 드립니다. 아울러 청년 농업인을 향한 관심과 응원의 마음으로 수기 모음집의 페이지를 넘기고 계신 독자 여러분께도 감사를 표합니다. 고맙습니다.

2023년 12월

농촌진흥청장 조재호

목차

봄 – 자연의 때에 따라

여름

– 장마가 지나간 후

한여름

— 뜨거운 나날

가을 – 이 또한 풍요롭지 아니한가?

겨울

– 다음을 꿈꾼다는 것은

또다시 봄 – 기대어 살다

봄

자연의 때에 따라

김지영

행복 지수 200%의 농업 생애를 그리는 중입니다

번쩍이는 마천루들로 미래적인 스카이라인을 자랑하는 중국의 가장 국제적인 도시 상해(上海). 외국어 특기생들만이 진학하는 상해외국어대학교에는 유난히 눈에 띄는 한국인 유학생이 있었다. 민트색 에나멜 하이힐, 메탈릭 실버 레깅스에 악어가죽 숄더백을 들고 영문학 강의를 듣던 그녀는 정확히 10년 뒤, 결혼과 동시에 충청북도 괴산으로 귀농하고 그로부터 7년 뒤인 2021년에는 삼 남매의 엄마가 된다.

이 거짓말 같은 이야기의 주인공이 바로 나, 올해로 만 35살인 여성 청년 농업인 김지영이다.

오늘도 어김없이 새벽 5시가 조금 넘은 시간, 새벽일을 하려고 부스스 일어나는 나의 모습은 영락없는 농부 아줌마다. 머리를 질끈 올려 묶

고, 츄리닝에 장화를 신고 출근길에 나선다. 조금이라도 더 자고 싶은 마음이 굴뚝같지만, 해 뜨기 전의 농사일은 그날 하루의 작업 효율을 결정하기 때문이다. 햇빛에 100평 육묘장이 달궈지기 전, 파종해놓은 싹에 물을 주는 것만으로 한 시간이 훌쩍 지난다. 모판에 풀씨가 날아오진 않았는지, 솎아낼 싹은 없는지 살피고는 남편이 일을 시작하기 전 아이스박스에 얼음물을 충분히 넣어둔다. 아침 7시가 가까워지면 자꾸만 시간을 확인하게 된다. 새벽 농부의 퇴근과 동시에 엄마의 출근 시간이 다가오기 때문이다. 집으로 돌아오면 무엇보다 소중한 나의 아이들이 하루를 잘 시작하고 등원할 수 있도록 돕는다. 청년 농업인이자 3, 5, 7살 삼 남매의 엄마인 동시에, 함께 농사를 짓는 농부 남편의 내조까지 도맡아 하는 나를 두고 도시의 친구들은 아직도 세계 10대 불가사의라 한다. 내가 생각해도 정말 극적인 삶의 전환이자 귀농 이야기이긴 하다.

2011년 가을, 약 7년 동안의 해외 생활을 마치고 한국으로 돌아온 뒤에 나는 산업디자인 대학원 과정을 수료하고 곧바로 국제회의 기획업에 뛰어들었다. 밤낮없이 국제 콘퍼런스와 정부 부처의 크고 작은 행사를 기획하고 진행하는 직업은 정말 흥미롭고 뿌듯한 일이었다. 누구보다 먼저 회사에 출근해 회의 준비를 하고, 모두가 퇴근한 사무실에 남아 해외 대사관의 업무 협조 요청 이메일을 쓰는 사람도 나였다. 대학생들의 직업 멘토로 선정되기도 하고, 국제기구의 인사 담당자에게 러브콜을 받기도 했던 그 시절 누가 봐도 나의 미래는 전형적인 커리어우먼이었다.

하지만 워크라이프밸런스, 소위 말하는 '워라밸'없이 폭주 기관차처럼 일밖에 모르던 나에게 번아웃은 갑작스럽고 강렬하게 찾아왔다. 과중한 업무에 비해 통장의 숫자는 턱없이 부족했다. 이 시대에 직장생활하는 내 또래라면 누구든지 예외가 없는 사연이었다. 과연 이렇게, 도시에서 삶을 영위할 수 있을까? 출근길 인터넷 뉴스 머리기사로만 보던 청년들의 주택 마련 문제, 비혼자 급증의 뉴스가 바로 내 얘기라니! 믿을 수도 없었고 믿기도 싫은 그런 현실이었다.

나는 사직서를 썼다. 보람도 즐거움도 만족도도 없는 직장생활을 마치고 얼마 지나지 않아 귀농 예정인 남자친구를 만나게 되었다. 그와 만남은 몇 차례 되지 않았지만, 삶에서 지향하는 바와 가치관이 일치한다고 느꼈고 우리는 만남을 시작한 지 채 1년이 되지 않아 결혼하여 부부가 되었다.

그가 바로 우리 집 삼 남매의 아빠이자 도시에서 방황하던 나를 농부의 삶으로 이끈 남편이다. 그는 후계농도, 시골에 연고가 있는 사람도 아니다. 사람이 살아가는 데 필수 요소인 먹거리를 책임지는 농업에 종사하겠다는 뜻을 품은 젊은이였던 그는 결혼이 결정되자마자 지리적으로 가족들이 계신 서울과 멀지 않으면서도 유기 농업군인 괴산군을 귀농지로 결정하게 되었다. 2016년 4월, 우리는 신혼여행이 끝난 다음 날

바로 짐을 싸서 괴산군 감물면에 마련한 신혼집으로 이사를 들어갔다. 적당한 빈집을 구하지 못해 남편이 직접 컨테이너를 개조한 농막이었다. 이렇게 나의 농업 첫걸음이 시작되었다.

아무런 농업 기반 없이 시작한 영농생활은 그야말로 광야와 같았다. 농업기술센터에 문의해 얻는 정보들은 농촌사회에서 인적·물적 자원 하나 없는 목마른 우리에게는 혀에 닿는 물방울 정도에 지나지 않았다. 귀농 후 첫 6개월 동안 남편은 지역을 이해하고 고정적인 수입을 얻기 위해 한살림 생산공동체인 영농조합법인 흙사랑에서 직장생활을 했다. 그동안 나는 한동네 안에 계시는 귀농 선배님의 농사일을 도우며 농사일을 배웠다. 대학찰옥수수를 파종하고, 밭의 이랑 고랑을 내고 멀칭비닐을 씌웠다. 남편이 쉬는 날을 틈 타 함께 심은 옥수수가 어느 정도 자라자 홀로 몇 날 며칠에 걸쳐 곁순을 따주었다.

시간이 흘러 귀농한 지 세 달쯤 지난 어느 날, 나는 우리 밭의 옥수수 수확을 앞두고 미리 경험을 위해 이웃 농가의 옥수수 수확을 도왔다. 비가 부슬부슬 내리던 새벽부터 한낮까지 끊임없이 낫질하고 옥수수를 자루에 담아 나르기를 수백 번은 한 것 같다. 며칠 뒤 우리 농장 옥수수를 수확, 선별해 미리 주문받은 도시의 지인들에게 모두 보내고 나니 온몸이 아프고 고열이 나기 시작했다. 그때까지도 아직은 직장생활을 하던 남편과 병원에 가니 진찰 결과는 '임신' 그리고 급성 신우신염이었다. 임신 사실을 모른 채 무리해서 일한 탓이었다. 바로 지역병원에 입원해

조처를 했지만, 상태는 호전되지 않았고, 결국 응급차를 타고 서울아산병원 중환자실에 실려 갔다. 그나마 옥수수 수확과 모든 마무리 작업을 마친 뒤에 일어난 일이라 참 다행이라고 생각했다. 동시에 귀농 후 첫 열매를 수확하자마자 알게 된 한 생명의 씨앗이 내 안에 있다는 사실이 정말 의미심장하게 다가왔다. 부부 둘만이 아닌 한 가정을 농업 안에서 꾸려나가게 된다는 사실이 두렵기도 하고 기대도 되었다.

열 달이라는 임신기간의 종지부를 찍던 날 밤, 남편은 감자를 심을 밭을 만들다가 허겁지겁 서울로 올라와 출산의 순간을 함께 했다. 출산 후 3일째, 산후조리원 대신 귀가를 결정한 나는 신생아를 안고 컨테이너 집으로 돌아왔다. 남편은 직장생활을 마치자마자 몸담았던 영농조합법인에 생산자로 가입해 본격적인 농업을 시작한 상태였고, 나도 몸조리가 끝나고 아기의 신생아 시기가 끝나면서부터는 조금씩 일을 돕기 시작했다. 어린 아기를 맡길 곳이 없었기 때문에 귀농 첫해만큼 앞장서서 농사일하지는 못했어도, 꼭 둘이 해야만 하는 작업엔 다시 농업의 현장에 뛰어들었다. 씨감자를 심고, 수확한 감자를 주워 담고, 옥수수 선별도 하고, 배추 모종을 내어다 심는 날엔 심은 자리마다 물을 찔러 넣었다. 물론 이 모든 일에는 등 뒤 아기띠에 대롱대롱 업힌 첫째 아이가 함께였다. 아이가 혼자 앉고 걷기 시작하면서부터는 밭에서 아이를 놀게 하고 육묘나 수확에 일손을 보태며 육아 중에도 농사일을 놓지 않았다. 밖에 나가서 하는 일을 줄인 대신에 SNS로 귀농의 일상을 알려 농장을 홍보하고, 그간 직거래로 쌓인 데이터를 활용해 직거래 이력이 있는 고객들에게 매달 농장의 소식을 뉴스레터로 제작해 문자로 발송했다.

농지은행 관계자의 말을 빌리자면 우리는 농업계의 '흙수저'였고, 도시에서 현직에 계신 부모님들에게 육아나 농사일의 도움을 받는 일도 상상할 수조차 없었다. 육아와 농업을 오로지 둘만의 힘으로 해내는 생활은 고달픔을 느낄 여유도 없는 날들의 연속이었다. 하지만 반대로 생각하면 청년 농업인 중에서도 우리와 같은 귀농 사례가 전무후무했기 때문에 독보적인 이야기기도 했다. 수많은 공중파 방송 프로그램에서 캐스팅 제의를 받았지만 대부분 거절했다.

대신, 나의 자리에서 농업인이라는 정체성을 지속해서 더 확고히 할 수 있는 일들을 해나갔다. 낮에는 남편과 함께 농사일하고, 저녁에는 SNS에 계속 글을 썼다. 귀농, 청년 농업인의 육아와 농사를 주제로 기록한 일상 이야기를 보고는 요리책 작가, 요리 연구가, 좋은 재료를 쓰고자 하는 레스토랑의 셰프와 같은 분들과 연결이 되었다. 그리고 그분들의 팬이나 고객들이 바로 나의 고객이 되었다. SNS 소통을 통해 얻는 청년 농업인과 농산물에 대한 도시 소비자들의 즉각적이고 직접적인 피드백은 아무리 힘들어도 농업을 포기할 수 없는 원동력이 되어주었다. 쉬지 않고 썼던 글들이 자산이 되어 현재는 농민신문의 외부칼럼에 기고도 하고 있다. 한창 농업과 초기 육아를 병행하며 고달팠던 그 시기는 농업의 언저리에 머물며 청년인 동시에 여성농업인의 역할을 어떻

게 설정해나가야 할지 탐색하는 시간이었다.

첫째 아이의 돌이 지나자마자 둘째가 생겼고, 둘째 아이의 돌이 지나자마자 셋째가 생겼다. 그렇게 우리 가족은 만 6년 만에 둘에서 다섯이 되었다. 그 사이에 우리 농장에도 큰 변화가 생겼다. 귀농 첫해 800평으로 시작한 농사는 현재 1만 5천 평 규모가 되었다. 감자, 양배추, 브로콜리, 대학찰옥수수 모두 무농약 이상의 친환경 영농을 하고 있다. 생산자로 가입된 영농조합법인을 통해 한살림 생협으로 대부분 공급하고, 초당옥수수와 절임 배추는 직거래하고 있다.

영농규모가 이렇게 늘어난 데에는 청년 창업농 지원정책의 도움이 컸다. 2년 동안 매달 약 90만 원의 지원금으로 생활의 기반을 잡을 수 있었기 때문이다. 낫과 호미 하나 없었던 우리는 현재 수 대의 관리기와 두 대의 트랙터로 밭을 일군다. 그중 한 대는 2020년 TYM(구 동양물산기업)에서 ESG 경영의 하나로 전국 청년 농업인 10인을 선정해 기증한 소형트랙터이다. 당시에 영농규모가 커지면서 임차 농지가 산발적으로 확대되던 때였는데, 농번기에는 자가 농기계가 한 대라도 아쉬운 때여서 정말 기쁜 선물이었다.

또 시설 농사의 경험도 축적했다. 괴산군에서 조성한 임대형 스마트팜을 1기로 임차하게 된 것은 청년 농업인이라는 장점 덕분이었다. 당시에 3년이라는 임차 기간이 끝난 뒤에 후속 정책이 없어 아쉬움이 남긴 했지만, 노지에서 친환경으로 재배하기 쉽지 않은 콜리플라워를 시설 재배 해 본 것은 의미 있는 경험이었다. 우리 부부를 비롯한 여섯 농부가 모여 농업회사법인 ㈜뭐하농을 설립하기도 했다. 회사가 설립되기까지 일요일마다 모여 함께 나눈 이야기들이 회사의 헌장이 되고, 헌장을 바탕으로 기획이 되고, 사업체가 세워졌다. 뭐하농은 최근 인구의 날을 맞이해 인구 구조 변화 대응에 이바지한 바를 인정받아 보건복지부 장관상을 받았다.

올해로 만 7년, 나의 귀농 역사 중 대부분의 시간은 엄마로 많은 시간을 보낸 것 같다. 영농의 주도권은 대부분 남편에게 있고, 농업인으로써

주체적인 역할을 충분히 하지 못하고 있다는 생각에 좌절감이 들 때도 있었다. 하지만 나 자신을 공동영농인이라는 인식으로 바라보고 농업 분야의 끈을 놓지 않고 공부하다 보니, 농업인으로써 새롭게 발돋움할 수 있는 기회가 찾아오기도 했다. 여성 특유의 섬세함은 농촌 창업, 영농에 꼭 필요하다. 또한 농업의 기본 요소인 자연, 먹거리, 식물을 육아와 연계하다 보면 새로운 사업을 개척할 수도 있다.

이제 나는 또 다른 농촌 창업을 계획 중이다. 4년 전부터 아이들의 심한 아토피를 호전시키기 위해 우리나라에 잘 알려지지 않은 허브의 약리적인 작용을 원서로 공부하고, 에센셜오일로 실험해보고, 허벌리스트 자격증을 따기도 했다. 이것이 밑바탕이 되어 현재 허브를 원료로써 재배할 준비 단계에 있고, 이를 알아본 우리나라 1세대 천연화장품 브랜드의 제안으로 원료공급 계약을 앞두고 있다.

귀농했을 때와 마찬가지로 나는 여전히 새롭게 시작하는 것 같은 기분이다. 한 걸음 한 걸음 아주 작은 걸음이다. 하지만 이 미약한 움직임을 발판으로 나는 성장할 것이다. 10년도 채 되지 않은 시간이지만, 누구보다도 밀도 있게 지낸 시간이 그 원동력이 되어주리라 믿는다. 도시에서의 모든 것을 뒤로하고 선택한 청년 농업인이 앞으로 그리는 미래는 행복 지수 200%의 농업 생애이다.

김연옥

어쩌면 나는 시골이 맞았는지도 모른다. 망했다!

3년간 해왔던 내 사업장이 망해버렸다. 코로나라는 핑계는 대고 싶지 않다. 나도 안다. 나는 게을렀다. 이런 게으른 나는 결국 엄마에게 전화를 걸었다. “엄마. 나 한두 달만 쉬고 싶어.”

21살. 전문대 졸업도 전에 시작한 사회생활은 쉴 틈 없이 29살까지 달려왔다. 어떨 때는 직업과 직업을 바꾸는 데 12시간도 걸리지 않았다. 밤 10시까지 일하고 다음 날 아침 7시에 새로운 직장으로 출근한 적도 있었다. 그래. 난 할 만큼 했어. 2021년 5월 18일. 나는 내 사업을 정리했다.

시골에 내려와서 정말 2달 동안 쉴 생각은 없었지만, 다음날부터 일할 생각도 없었다. 하지만 시골의 5월은 정말 바빴다. 제대로 된 작업복도 없던 나는 평소 잠옷으로 입던 옷에 팔토시만 하고선 밭으로 향했다. 제일 처음 간 곳은 미니 밤호박을 키우는 300평짜리 하우스였다. 아빠가 알려주는 대로 하는데 도저히 뭐가 수꽃인지 암꽃인지 구분도 못 했다. 지금 생각해보면 정말 바보 같지만 나는 꽤 오래도록 도시 생활하던 사람이었다. 내 눈에는 다 똑같은 호박꽃인데? 이것도 하나 구분 못 하냐며 꾸중을 들으며 그렇게 새벽 6시에 간 호박 하우스를 아침 7시가 넘어서 나오게 되었다. 하우스는 더웠고 처음 해보는 하우스 관리에 나는 정신을 못 차린 채로 밥이 코로 들어가는지 입으로 들어가는지도 모른 채 아침밥을 꾸역꾸역 먹었었다. 그리고 바로 간 곳은 유기농 모판을 키우는 곳이었다. 스프링클러로 물을 주고 나니 볕이 좋아 쉬고 싶었지만 바로 양파밭으로 향했다. 언제 캘지 확인하러 밭을 돌아다녔다. 물론 나는 농사에 대해 무지하니 그저 엄마의 뒤를 졸졸 따라다니기만 했다. 신기한 건 양파밭에서 꿩 알을 발견했다는 것이다. 꿩은 TV에서 사는 게 아니었나?

며칠이 지나고 나는 정말 숨 쉴 틈도 없이 일하고 있는 나를 발견했다. 그사이 모내기도 했고 양파도 캐고 자르고 담고 호박도 수확했다. 두 달만 쉬고 싶다던 나는 두 달 동안 토할 만큼 일하고 있었다. 근데 아직도 부모님 눈에는 성에 차지 않나 보다! 도대체 농사꾼들은 평생을 이러고 산단 말인가? 이대로 나도 평생 살아야 하나??

내가 시골로 이사 오면서 가장 걱정했던 것은 내가 키우는 고양이들이었다. 시골에는 동물병원이 없다. 가축병원은 있어도 동물병원을 가려고 하면 가까운 도시까지 1시간이 넘게 나가야 했다. 안 그래도 차 타는 거에 스트레스받는 고양이들인데 과연? 하지만 우리 고양이들은 강했다. 적응 기간이 끝난 후 고양이들은 전에 사던 도시보다 더 행복해 보였다. 왜냐면 24시간 자연 TV가 방영되고 있기 때문이었다. 도시에서는 볼 수 없던 새들이 큰 베란다 창문 밖으로 날아다녔고 도시보다는 훨씬 깨끗한 공기와 하늘이 고양이들을 베란다 앞에서 살게 했다. 전에 살던 집은 창문을 열면 바로 옆 건물의 벽이 보였었다. 나도 고양이도 일광욕이 일상이 되었다.

양파 캐고 고추 따고 생각이라는 걸 할 수 없었던 한여름이 지나가고 가을바람이 선선히 불기 시작할 때 나는 교육을 다녀보라는 사장님(엄마)의 제안을 받았다. 엄마와 아빠의 귀농 경력은 어느새 15년. 귀농 초반에는 열심히 교육을 듣던 부모님은 시간이 지나고 농업의 규모가 커지면서 어느 순간 교육은 뒷전이 되었다고 했다. 그러던 중 내가 나타났으니 부모님은 다시 교육에 대한 열의가 생기신 모양이었다. 그래서 알아보던 중 마침 좋은 교육이 생겨서 매주 목요일 1시간이 넘는 거리로 교육을 들으러 다니게 되었다. 나는 너무 좋았다. 지긋지긋한 고추밭에서 벗어 날 수 있다니! 무려 4시간이나! 교육장까지 왕복하는 시간까지 생각하면 6시간이나 밭에서 벗어 날 수 있다니! 나는 매주 목요일만 기다리게 되었다. 아는 사람이 전혀 없고 사람과 어울리는 걸 좋아하지 않았던 나는 딱 교육만 듣고 집에 오는 것이 일상이 되었다. 그럼에도 매주 목요일 6시간의 자유는 나에게 작은 숨 쉴 틈이 되었다.

교육이 끝나면서 농한기가 시작되었다. 이렇게까지 누워있을 수 있다고? 농번기가 끝나고 우리 집은 그야말로 겨울잠을 자는 곰들의 동굴이 되었다. 새벽 5시면 일어나서 나갈 준비를 하던 부모님은 이불을 꽁꽁 싸매고 일어나지 않았다. 이래도 되나? 싶을 정도로 누워있던 나는 어느 날 누워있는 것도 지쳐 엄마에게 물어보았다. "엄마. 뭐 없나?" 엄마의 대답은 간단했다. "심심하면 지도소라도 가보던가." "그게 어딘데?" 엄마가 말했던 지도소는 농업기술센터의 우리 읍 지소였다. 뭐라도 있겠지? 하고 쫄래쫄래 간 그곳에서 나는 청년 창업농 사업을 알게 되었다. 으음? 뭐지? 나 농사꾼이 되는 건가? 정말로?

인터넷에 찾아보니 지원 혜택이 큰 사업이었다. 설마 내가 되겠어? 라고 신청한 청년 창업농에 덜컥 선정되었다. 면접에서는 너무 떨려서 무슨 말을 했는지 기억도 안 날법한데 아직도 내 머릿속엔 그 부끄러웠던 면접이 남아있다. 농업에 대해 아무것도 모르는 내가 고작 몇 개월 양파 캐고 고추 딴 걸로 주절주절 말했으니. 지금 생각해도 부끄럽다.

그렇게 청년 창업농에 선정이 되고 나는 수시로 농업기술센터 홈페이지를 들어가게 되었다. 그러던 중 보게 된 청년임대농장. 심지어 작물은 애플망고! 망고는 맛있지~ 가벼운 마음으로 설명을 들으러 갔었다. 만 39세까지 신청할 수 있는 청년임대농장은 우리 집에서 무려 1시간 32분이나 걸리는 곳이었다. 너무 멀구나…. 아쉽게도 이번에는 힘들겠다. 라고 생각을 하고 대신 교육이라도 들어보자는 생각에 농업대학 아열대반을 신청하게 되었다. 당시 우리 군에서 하는 농업대학은 친환경반과 아열대반이 있었는데 이미 애플망고에 약간 홀려있던 나는 아열대반을 신청하게 되었다. 그리고 이 1년간의 수업은 내 농업인 생활에 가장 큰 변환점이 되었다.

오리엔테이션이 끝나고 첫 수업은 커피에 대한 수업이었다. 아는 사람이 없는 나는 역시나 수업만 딱 듣고 집에 오는 생활을 계속했는데 어느 날 작년 수업을 같이 들었던 언니들이 말을 걸어와 대화하게 되었다. 나는 여전히 사람과의 관계가 힘들다. 그런 나에게 먼저 대화를 걸어 준 언니들은 지금은 무슨 이야기든 털어놓는 최고의 사이가 되었다. 뭐든 사람이 처음이 어렵다고 한 명 두 명 소개받기 시작하니 몇 년간 큰 변화가 없던 내 연락처에 저장된 사람은 두 배가 되었다. 늘 한가롭던 내 메신저는 요즘 정말 정신없지만 즐거운 매일이다.

그렇게 수업을 다니던 중 이미 마음을 접었던 애플망고 청년임대농장에 임차인 제의가 들어왔다. 집에서 1시간 32분 거리를 다니라고? 나는 몇 번이나 타당한 이유를 대며 거절했지만, 구경이라도 해보라며 간 농장은 어마어마했다. 2,400평의 스마트팜을 살면서 언제 봤겠는가. 와!, 이런 곳에서 농사지으면 정말 재밌겠다! 하하하 웃으며 집에 돌아간 나는 그렇게 2022년 9월 6일. 청년임대농장 계약서에 도장을 꾹 찍게 되었다.

청년임대농장에 마지막으로 들어간 나에게는 주어진 과제들이 넘쳐났다. 분갈이, 화분 밑에 벽돌 대주기, 우드 칩 깔아주기까지! 가을 꽃게 한 상자로 막내 이모를 유혹해서 삽질하게 했다. 막내 이모는 애플망고 10주 정도는 본인 것이라며 열매를 수확할 날만 손꼽아 기다리고 있다. 늘 고마운 막내 이모. 다음번 분갈이도 꼭 같이합시다!

다시 한번 농한기에 접어든 나는 이제 겨울에도 누워있을 시간이 없었다. 나는 틈만 나면 망고 농장으로 가기 시작했다. 처음이라서 하나하나가 신기하고 새로웠다. 이파리 하나가 시들시들하면 내 마음도 시들시들했고 새순이 올라오면 신나서 몇 번이고 사진을 찍어댔다. 온도도 양액도 뭐 하나 제대로 아는 것이 없었기에 실수를 할 때마다 배워가고 반성했다. 그런데도 잘 자라는 애플망고 나무가 사랑스러웠다. 5명이 하는 청년임대농장은 연동 하우스다. 5명이 같이 하는 하우스가 충돌이 있지 않을까 걱정했던 것은 기우였다. 현재 우리는 만 1년을 꼬박 채워 함께 일하고 있지만, 서로를 배려해가며 일을 하고 있다. 문제가 생기면 서로서로 공유하며 일이 생겨서 못 가는 날이 있으면 대신 나무를 살펴봐 주기도 한다. 그런데도 5명이 한자리에 모이는 날은 많지 않다. 그런 날은 서로의 메신저로 상황을 공유한다.

나는 늘 사람들과의 관계에서 어려움을 겪었다. 이르다면 이른 나이에 사회생활을 시작했고 학교 친구들과는 점점 멀어지게 되었다. 사회성이 길러졌지만 정작 친구는 사귈 수가 없었다. 각자 걸어가는 길이 달라지면서 친구들과의 만남은 더 어려워졌다. 어쩌다가 만나게 된다면 공감할 수 없는 이야기에 의미 없이 고개를 끄덕이기도 했다. 하지만 이곳에 내려와 같은 농업을 하는 사람들을 만나니 이야기가 끊이지 않았다. 새로운 거래처의 소개, 청년들을 위한 많은 지원사업들, 새로운 농법에 대한 고민과 먼저 실행해 본 선배들의 이야기, 새로운 농기계, 새로운 작물, 본인이 하는 작물의 장단점, 작물 변경에 대한 고민도 나눌 수 있었다. 얼마 전까지만 해도 이런 대화를 하리라고는 상상도 못 했었다. 나는 늘 도시에서 죽을 거라고 말하고 다녔으니까.

도시 사람들은 시골에서의 삶을 여유롭게 생각한다. 텃밭에서 나는 오이에 직접 만든 쌈장을 찍어 먹는 삶을 기대한다. 하지만 시골에서의 삶은 도시처럼 치열하다. 멀쩡한 오이를 하나 생산해내기 위해 끊임없이 들여다 봐야 한다. 잠시만 게을러지면 균과 충에 오이는 잡아먹힌다. 도시에서도 잠시만 게을러지면 내 자리는 날아 가버리듯이.

나는 지금 새로운 도전을 준비하고 있다. 뭐든지 도전은 좋아하지만, 이곳에 내려와서 나는 마음이 맞는 사람들과 이런저런 이야기를 나누고 내가 하고 싶은 것을 이야기했다. 나와 이곳에서 알게 된 청년들은 생각을 공유하며 새로운 농촌의 미래를 꿈꾸고 있다. 도시에서는 막연하게 멀기만 했던 내 꿈들이 이곳에 내려오니 그리 먼 꿈이 아니라고 느껴졌다. 마음이 맞는 사람들과 활동하며 봉사를 하고 나를 알릴 수 있다는 것이 어느덧 성큼 내 앞으로 다가왔다. 도시에서는 혼자서 다니는 것이 일상이었다면 이곳에서는 무엇을 하든 사람들과 함께 소속감을 느끼며 활동을 할 수가 있다. 매번 우울감에 시달렸던 나는 사람들과 이야기하고 소통하고 같이 활동을 하며 새로운 미래를 꿈꾸게 되었다. 사람들과 어울리며 생각을 공유하며 집 안에 틀어박혀 있던 나를 나오게 한 시골살이. 나는 지금 생활에 만족하지만, 더욱 큰 꿈을 실현하기 위해서 한 걸음 더 나아갈 것이다. 혼자가 아닌 우리가 되어서.

우성원

바나나 위에 딸기로 덧칠한 어느 청년 이야기

1. "성원아 니 바나나 키워보는 거 어떻노?"

내가 처음 농업에 발을 딛는 계기가 된 한마디였다. 2019년, 외식업 프랜차이즈 사업을 하겠다는 일념 하나로 베트남에 가서 1년 지내는 동안 현실과 이상의 괴리감을 느끼고 다음 계획을 고민하기 위해 잠깐 한국 들어온 나에게 지인이 꺼낸 말이었다. 말은 참 쉬웠다. 원래 본가는 대한민국에서 가장 더운 도시이자 한여름에 길에 있는 볼라드조차 녹이는 도시인 대구였고, 거기에 동남아시아에서 생활한 경험을 더해 대구에서 아열대과수인 바나나를 키워보는 것이 어떠냐는 것이었다. 앞으로 온난화 기후로 우리나라는 더욱 더워질 것이고, 대한민국에서 가장 더운 도시인 대구에서 바나나를 생산, 판매한다면 마케팅 차원에서도 어렵지 않게 홍보가 가능할 것이라는 착각에 빠졌다.

그렇게 우연한 계기로 농업에 한 걸음 내딛게 되면서 자연스럽게 '청년창업형 후계농'이라는 사업을 알게 되었다. 이 사업은 청년들의 안정적인 귀농 정착을 위해 3년간 매달 약 100만 원의 지원금과 최대 3억(현재는 5억)의 대출 지원을 해주는 사업이었고, 농업에 아무런 배경지식도 자산도 없던 나에게는 아주 좋은 기회로 보였고 어느 정도 결심이 서자 나는 베트남으로 돌아가 모든 일을 정리하고 한국으로 돌아오기로 결심하게 된다.

2. 농업에 '농'자도 모르는 내가 맨땅에 헤딩하기

2020년 코로나 시국과 맞물려 적절한 시기에 귀국하게 되면서 가장 먼저 했던 것은 공부였다. 2021년 청년 창업농에 지원하기까지 약 1년의 시간이 남아있었는데, 단기간에 농업에 대한 지식을 쌓을 수 있는 것은 자격증이라고 생각했다. 그렇게 시작한 농업에 관한 공부는 유기농업기능사를 시작으로 앞으로 농업으로 창업하면서 필요해 보이는 자격증을 닥치는 대로 따기 시작했다. 이 시기에 유통관리사, 조경기능사, 바리스타 자격증, GTQ, 전자상거래운용사 등 청년 창업농에 선정되기 위해 준비하면서 취득했다.

이와 더불어 해야 했던 것은 다양한 교육과 선도 농가 방문을 통한 지식과 정보취득이었다. 이때 농업교육포털과 귀농귀촌종합센터에 올라오는 온, 오프라인 교육의 도움을 굉장히 많이 받았다. 그리고 우리 집이 있던 대구광역시 달성군 농업기술센터에도 주기적으로 방문해 궁금한 것 있으면 물어보고 선생님들의 도움을 받고자 노력했다. 하필 코로나로 인해 오프라인 교육이 제한적으로 열렸고 선도 농가에서도 개인적인 방문을 부담스러워하는 경우도 많았다. 그런데도 시간 날 때 전국 방방곡곡 다니면서 틈틈이 교육 듣고 청주, 산청, 안동 등 여러 바나나를 재배하는 선도 농가를 찾아가면서 지식과 정보, 네트워크 형성에 힘을 기울였고, 그렇게 차곡차곡 쌓은 정보를 바탕으로 청년창업형 후계농에 지원해 선정되었다.

3. 나의 착각에서 벗어나기

자 이제 시작이다. 선정된 즐거움을 안고 이제 3억이라는 대출을 내서 화려한 바나나 하우스를 지어 재배해 보겠다는 내 결심은 불과 한 달 채 되지 않아 끝나버렸다. 청년 창업농 선정확인서를 가지고 농협에 가면 '묻지도 따지지도 않고' 3억 대출을 해주는 줄 알았다. 아니 적어도 신용점수가 좋으면 큰 제한사항 없이 대출이 실행되는 줄 알았다. 뭔가 복잡한 절차를 선정되기 전에는 알기가 힘들었고, 선정되고 나서 부딪혀보잔 단순한 생각으로 덤벼들었던 나에게 첫 번째 난관이 찾아온 것이다. 처음에 농어촌공사에서 농지를 빌렸고 그 농지에 3억을 대출 내어 하우스를 짓는다고 생각했다. 그런데 농협에서는 임대농지에 대출해줄 수 없다는 답변을 받았다. 지금 생각해보면 당연하였지만 그때는 너무 무지했다. 결론적으로 국가사업과 대출은 별개의 문제였다. 은행에서는 아무런 조건 없이 대출해주지 않는다. 신용점수뿐만 아니라 이 사람이 얼마나 성실하게 상환할 수 있는지, 만약 불의의 사고로 상환이 어렵게 되었을 때 대출금을 회수할 수 있는 담보가 있어야 했다.

최초의 계획에서 상당한 부분 틀어져 버린 상황이 오자 나는 과감히 농지은행에서 임대계약한 것을 취소하고 내 땅을 구매하는 것으로 선회했다. 내 땅에 내 하우스를 지어 복잡한 이해 관계없이 농업에 집중해야겠다는 쪽으로 결심했다. 다만 여기서 문제는 청년 창업농에서 지원되는 최대 3억의 대출 지원 상당 부분을 토지를 매입하는데 사용해야 했다. 하우스를 짓기에는 내가 모아둔 돈만으로는 턱없이 부족했다. 게다가 바나나는 재배 특성상, 큰 키로 인해 하우스를 굉장히 높게 지어야 하는데, 일반적인 단동 하우스보다 배 이상의 견적이 나왔다. 그뿐만 아니라 아열대과수 특성상 한겨울에도 따뜻한 온도를 유지해야 하는 난방비의 부담까지 고려한다면 초기 투자금이 예상했던 것보다 훨씬 상회하고 있었다. 그 외에도 마케팅만 잘하면 대박 날 것이라는 단순한 생각에서 점차 구체화할수록 수익성에 대한 의문부호가 생기기 시작했다. 겨우 모아둔 돈과 대부분의 대출로 600평 남짓 땅을 매입했는데, 이 땅에 하우스를 지어 바나나를 재배했을 때 투자 대비 안정적으로 소득을 만드는 것은 내 기준에서는 거의 불가능한 것처럼 느껴졌다.

4. 귀농 먼저 선택하기, 작물 먼저 선택하기

이런 고민하는 와중에도 도시농업 관리사, 종자기능사 등 자격증을 취득하면서 계속 공부도 했었다. 이미 땅을 매입한 상태에서 농업을 포기한다는 것은 파산이나 다름없었다. 그러면서 그해에 농림부 사업 중 하나인 '스마트팜 청년창업보육센터 교육생'에도 선정되었다. 내가 사는 지역인 대구에서 가까운 경북권역으로 지원하게 되었는데, 이 사업은 이론 수업뿐만 아니라 선도 농가에서 실습하거나 본인이 직접 재배하면서 컨설팅까지 받아볼 수 있는 기회를 주는, 20개월의 장기간 교육사업이었다. 대체로 딸기와 토마토, 오이 등 권역별로 4개의 작목을 지정하여 스마트팜을 활용한 재배 방법을 교육하는 과정이었다. 이론 수업 때 여러 작목을 배운 후 실습 과정에 선도농장에서 배울 때 작목을 선택할 수 있는데 난 딸기를 선택했다.

대부분 귀농을 결심한 청년들은 귀농을 선택하고 조금씩 공부하면서 작목을 선택한다. 그렇지만 나는 오히려 반대로 작목을 우선 선택하고 나서 농업에 뛰어들었다. 그렇다 보니 청년 창업농에 선정되고, 공부하면 할수록 바나나를 선택한 것이 너무 단순하고 경솔하게 생각했다는 것을 깨달았다. '이대로 바나나를 포기하면 뭘 해야 하지?'라는 생각이 머릿속을 맴돌았다. 농업을 선택한 이유가 없어졌다는 말이 맞을까? 나름 30살에 정신 차리고 2년 동안 목표를 향해 집중했던 기간이었다. 그렇다고 땅은 이미 매입한 데다가 내가 다시 다른 일을 준비하기에는 2년의 세월이 너무 아까웠다. 어떻게든 승부를 보아야 했던 나에게 딸기는 나로서는 큰 결심이기도 했다. 그렇지만 아이러니하게도 딸기를 선택한 이유는 단순하기도 했는데 우리나라 사람들에게 가장 친숙하고 손이 잘 가는, 그리고 무엇보다 소비량이 매우 높은 과채류였기 때문이었다. 그리고 무엇보다도 딸기는 내가 매입한 땅 면적을 고려했을 때 혼자서 재배하기 안성맞춤인 작목이었다.

5. 여전히 '농린이'가 갓 농업인이 된 '농큐베이터'에게

지금 생각해보면 농지를 매입하고 하우스를 짓고 재배하는 데까지 정말 많은 시행착오를 겪었다. 당장 내 농지와 붙어있는 땅 주인과의 관계부터 귀농하면서 자연스럽게 농촌사회에 스며들기까지 단순히 농사일만 집중하는 것이 다가 아니었다. 농촌사회는 하나의 공동체다. 무슨 일이 일어나면 그것에 대해 정말 많은 관심이 쏟아지고 행동으로 이어지기까지 한다. 아파트의 삶처럼 당장 옆집이 어떤 사람인지, 무엇을 하는지 모르는 것이 불가능하다. 만약 도시에서 귀농한다면 생각을 바꿔야 한다. 난 땅을 사고부터 동네 분들과 가까워지기 위해 부단히 노력했다. 농업경영인회, 4-H 등 농업인 단체에도 꾸준히 참가하면서 내가 이 지역의 구성원이 되고자 함을 끊임없이 어필했고 지금은 우리 지역 많은 분과 어려운 것이 있을 때 서로 도와주는 한 가족이 되었다.

그 외에도 처음 농장을 지을 때, 발생하는 기초공사부터 건축 비용까지 정말 많이 아낄 수 있었던 것도 불과 1년 전에는 아무것도 모르고 썼던 것들이 너무나도 많았다. 특히 하우스를 짓는 업체들이 대부분 영세한 경우가 많아서 건축 기술이나 자재 종류, 비용까지 정말 다양하다.

그래서 나는 농사로에 공개되어있는 하우스 설계도를 많이 참고했다. 그리고 지역별 강수량, 풍속에 맞는 적정 규격도 나와 있어 업체와 상담할 때 많은 도움을 받았다. 나는 그 정보를 바탕으로 다양한 업체를 만나고 견적서를 받아 비교하면서 신중하게 결정했었다. 그런데도 예상치 못한 비용은 발생하기 때문에 항상 사업이라는 것은 예비비(혹은 비상금)를 갖고 유지하면서 계획하면서 감내해야 하는 것은 필수다.

6. 게으른 농부가 아무런 도움 없이 혼자 다 하는 법

농업에 종사하지 않은 지인들이 '600평 혼자 농사짓느냐'고 물을 때 나는 자신 있게 '그렇다'라고 대답한다. 그렇게 본격적으로 딸기를 배우기 시작한 나는 지금은 어느덧 화려하진 않지만 누가 와도 부끄럽지 않은 정도인 하우스에서 대박은 아니지만 소정의 목표를 이루고 두 번째 해를 맞이하고 있는 딸기농장 '농사무소'의 농장주가 되었다. 가지고 있던 자본에 개인신용대출을 더해 우여곡절 끝에 완성된 내 하우스에 선도 농가에서 배운 딸기 재배 기술로 착실히 재배한 끝에 실패하지 않은 농사를 이루었다.

내 농장에서 첫 재배를 할 때, 모든 것이 처음이었고 하나부터 열까지 내 손을 거치지 않고선 되는 것이 하나도 없었다. 적당히 고장 난 것은 기사를 부를 시간에 내가 직접 고쳐야 했다. 어느 순간 나는 조금씩 '만능 손 형사 가제트'가 되어가고 있었다. 병충해에 취약한 딸기인 만큼

항상 청결에 신경을 써야 했고, 하나하나 이상 증상에 예민하게 반응해야 했으며 언제부턴가 매일 날씨를 확인하는 것이 습관이 되어있었다. 한파가 왔을 때는 배관이 얼지 않을지 온도 조사하면서 밤을 지새우며 가온에 신경 쓰기도 했다.

그렇게 내 손 하나하나 거쳐 간 딸기가 12월에 수확하여 판매까지 이루어졌을 때 느낌이 참 이상했다. 난 맛있는데 혹시 고객들에게 맛이 없으면 어떡할까 하는 불안감이 있었으나 정말 다행스럽게도 저렴하지 않은 금액에 판매했음에도 많은 분이 사랑해주었다. 천적 재배, 친환경 제제를 사용하여 건강한 딸기를 직접 소비자들에게 전달하는 게 목표였다. 그래서 농업을 준비하기 직전부터 해오던 블로그와 SNS를 통해 지속해서 홍보한 끝에 첫해에 도매시장을 거치지 않고 100% 직거래를 통해 판매하였고, 봄에는 딸기 수확 체험과 만들기 체험 등을 통해 수익을 만들었다. 그리고 올해는 우리 지역 농업기술센터에 있는 달성군 농산물가공기술지원센터를 통해 딸기잼과 냉동건조와 같은 가공제품 또한 만들어 소비자들에게 판매해 보고자 한다.

SNS에서 나는 딸기농장 '농사무소'를 경영하는 '게으른 농부'이다. 나중에 좀 더 게으르게(편하게) 살고 싶어서 현재 한 걸음이라도 더 걷자는 의미를 담아 지은 예명이다. 현재 게으른 농부는 농사무소에서 딸기만 재배하고 있다. 그렇지만 게으른 농부는 농업에 발을 내딛게 해준 바나나에 대해 여전히 욕심이 난다. 앞으로 기회만 된다면 다시 한번 바나나를 도전해보고 싶다. 그리고 단순히 생산 농가에서 끝나는 것이 아닌 체험과 관광을 아우르는 6차 산업을 달성하여 훗날 지자체와 협업하여 내 농장을 중심으로 우리 지역의 팜랜드를 조성해보고 싶은 것이 바로 게으른 농부의 꿈이다. 그렇기에 그 꿈을 달성하기 위해, 조금 더 편한 삶을 위해 지금도 달린다.

고득원

흐드러지게 피는 별빛

새벽녘에 우는 수탉과 같이 알람음이 울려댄다. 떠지려던 내 눈은, 엊저녁 아들이 가지고 놀던 딱풀이 붙은 건지 눈이 잘 떠지지 않았다. 그래도 비척거리며 일어나 눈을 떴다. 이제 내숭을 잊은 듯 대(大)자로 뻗어 자는 아내와 금을 모아둔 보따리 마냥 고이 눕혀놔도 요란하게 꼬부라져 자는 금쪽같은 아들과 딸이 눈에 들어온다. 그런 아내와 아들, 딸 덕분에 피식하고 입이 호를 그렸다. 오늘 하루를 써나갈 힘이 지금 뜨고 있는 아침 해와 같이 솟아오른다. 눈도 뜨지 않은 가족들을 뒤로하고 아직 적응되지 않은 몸을 이끈 나는 농장으로 갔다. 온몸이 뻐근하지만 몇 번을 지더라도 승리를 위하여 도전하는 권토중래(捲土重來)의 심정으로 마음을 다잡았다.

여태껏 실패했던 경험만 몇 번이던가. 나의 단점을 이야기해보자면, 나는 끈기가 없었다. 소설을 좋아하던 코찔찔이 꼬마 친구는 밤하늘에 별빛처럼 빛나던 꿈들이 돈을 만나고, 어른을 만나며 빛을 잃어갔다. 어쩌면, 계속 사라져가는 빛을 바라보며 '어차피 저 별빛도 사라질 거야.'라는 생각에 금방 이별을 준비했던 것 같다. 점점 어른이 되어가는 생텍쥐페리의 책 속에 '어린왕자'처럼 말이다. 여드름을 꽃 피우던 사춘기 소년은 꽃내음 풀풀 풍기며 사랑을 했고, 20대 중반 사랑의 결실로 첫 아이가 태어났다. 작디작은 몸과 얼굴이지만 마치 거울을 본 듯 나를 닮아 있는 분신이었다. 이 아이만큼은 하고, 갖고, 먹고 싶은 것들을 다 하게 해주고 싶은 어린 아비의 부정(父情)이 생겼다. 하지만 성공의 꿈으로 다니던 회사는 하루아침에 무너졌고 어린놈의 치기로 시작했던 사업은 사기를 당했다. '재수가 없는 놈은 뒤로 자빠져도 코가 깨진다'라고 했던가? 결국 빚더미에 앉아 안 좋은 생각도 몇 번 했다.

"여보, 다시 해보자. 난 여보 믿어 잘할 수 있잖아."

눈물을 흘리며 말하는 조강지처(糟糠之妻) 아내의 헌신에 끝없이 떨어지는 무저갱 구렁텅이에서 빠져나왔다. 어떻게든 처자식을 먹여 살려야 했다. 볼품없는 스펙, 볼품없는 재능을 가진, 말 그대로 볼품없는 사람이어서 취직조차 쉽지 않았다.

"○○ 씨는 이전 회사를 왜 그만두셨나요?"

"회사가 부도나서 망하게 되어 자연스럽게 회사를 나오게 되었습니다."

"그럼 ○○ 씨 받으면 우리 회사도 망하는 거 아니야?"

놀랍지만 실제로 들었던 말이다. 믿지 않는 사람도 있을 테고 저자의 노력 부족이라는 사람도 있을 것이다. 부정 타는 사람, 스펙이 안 좋은 사람, 계획 없는 사람이 되었다. A4용지 2, 3장 정도의 분량이 내가 살아온 나의 인생이고 현실이었다. 결국은 해본 적도 없는 건설 현장에서 일용직 일을 시작했다. 직업에 귀함과 천함이 없다지만 힘들고 고단한 것은 사실이다. 그렇지만 걱정되는 듯 바라보는 아내와 대나무라도 된

듯 커가는 아들을 보며 이 작은 행복이 계속되길 바랐다.

고진감래(苦盡甘來)라더니, 나에게 한 가지 장점이 있다면 습득력이 빨랐다. 먹고 살기 급급해 들어간 막노동판이었지만, 흥미가 있었다. 건물이 어떻게 지어지는지, 또 어떤 게 필요한지 등 금방 원리를 이해했다. 그래서인지 해당 건설사에서 취직 제의를 해왔다. 타지에서 일을 해야 하는 조건이어서 고민했지만 조금 더 나은 환경과 급여를 마다하긴 힘들었다. 취직하게 되니 처음부터 다시 시작하는 기분이 들었다. 나아진 생활 덕분인지 아내가 둘째를 가진 산모가 되는 겹경사 소식을 타지에서 듣게 되었다. 여기까지 오기 위해 같이 아파하고, 눈물을 흘려준 아내의 옆에 있어 주지 못해 미안했다. 그래서 밤, 낮 없이 열심히 일했다. 이제 막 솟아오른 꽃의 새싹처럼 작은 꿈이 흐드러지게 꽃 피우기 위해서. 세상 어느 것과도 바꿀 수 없는 귀한 딸이 태어나고 뒤뚱거리며 기어 다닐 때도, 첫걸음을 아장아장 걸을 때도 그 모습을 동영상으로만 봐 왔었다. 하지만 어쩔 수 없는 지아비의 삶이라며 나 자신을 타일렀다. 집에서 짧은 휴식을 취하고 현장의 숙소로 복귀한 어느 날 아침 영상통화를 하며 가족들과 인사를 하던 중이었다. 단어만 말하던 딸아이가 처음 문장을 만들어 말했다.

"엄마? 아빠 없어."

그때는 이루 말할 수 없는 회의감에 젖어 들었다. 과연 나는 좋은 아빠일까? 아마도 아닐 것이다. 매번 집으로 갈 때마다 아들, 딸과 다시 친해져야 했다. 아들은 가지 말라고 울며 떼쓰고 붙잡은 적도, 딸이 집에 돌아온 아빠를 낯선 아저씨 바라보듯 봐서 적잖게 당황한 적도 많았다. 더군다나 독박 육아에 지친 아내는 우울증까지 생기게 되었다. 이러한 상황에 부딪히게 되자 '다 때려치우고 농사나 지을까?', '역시, 가족과 같이 살 부대끼고 사는 것이 맞지 않을까?'하고 생각하게 되었다. 그러던 중에 국내에서 손꼽히는 대기업에서 연락이 왔다. 기회를 주고 싶다고, 여기서도 잘하실 것 같다고 말이다. 선택의 기로에 놓이게 되었다. 하지만 더 이상 타지 생활도 하기 싫었고 아내가 우울증이 생길 때까지 몰라본 나 자신이 너무 미웠다. 그런 생각이 계속 나자 일도 손에 잡히지 않아 회사에 양해를 구하고 휴가를 써서 집으로 갔다. 길지는 않은 기간이지만 더할 나위 없이 행복하고 평화로운 나날이 점점 짧아져 가는 휴가 기간에 어머니에게 잠시 시간이 있으면 도와줄 수 있겠냐고 연락이 왔다.

농사일을 처음 해본 계기가 이때였을 것이다. 양봉 농사를 하시는 삼촌분이 계시는데 어머니는 한 번씩 손을 보태어 용돈벌이하시는 중에 손이 부족한지 나에게도 연락이 왔다. 지나가듯 생각했던 농사를 이왕 한번 경험해 보는 것도 나쁘지 않겠다는 생각이 들어 흔쾌히 도와드리겠다고 말해드렸다.

보내주신 주소로 도착하자 코끝으로 스며드는 아까시나무 꽃내음과 요란하게 왕왕거리는 꿀벌 소리가 나를 반겨주었다. 얼른 옷을 갈아입고 손을 보태었다. 벌집에서 꿀을 분리하는 채밀기(採蜜器)가 세탁기처럼 돌아가더니 꿀이 쏟아져 나오고 어르신들은 소비(巢脾)라고 하는 벌집을 들고는 벌집에서 벌들을 털어냈다. 나는 열심히 수레를 끌고 소비를 옮겼다.

"아따! 천상 농사꾼인디?"

"하하. 제가 노가다 짬밥이 얼만데요."

"용 꼬리보다 뱀 대가리가 낫다잉. 젊은 애들 읍서서 난리다 난리."

"농사를 아무나 지어요? 크크."

사투리 구수하신 어르신들과 농담도 해가며 일하니 금방 끝나게 되었다. 각종 장비들을 정리하고 채취한 꿀들을 차에 실어 날랐다. 농밀한 점도를 가진 꿀이라서 보통 무게가 아니지만, 어르신들이 들고 나르는 것을 보면 가벼워 보였다. 노하우가 있겠지만 어르신들이 몇십 번을 들고 나를 정도의 가벼운 무게가 아니었다. 그리 생각하니 농촌에 젊은이가 없다던 어르신의 말씀이 한층 가깝게 다가왔다. 모든 정리를 끝내고 난 후 옷을 갈아입으니 어느 꿀벌 하나가 내 주변을 맴돌았다.

"애, 왜 이래요?!!"

"푸흐흐. 가만있어라잉-! 괜히 허우적대면 쏘이니께."

한겨울에 얼어 죽은 영화 은행나무 침대의 황장군이라도 된 것처럼 가만히 있었지만, 꿀벌은 나에게 나는 달달한 냄새에 아랑곳 하지 않고 내 입술에 달라붙었다. 놀라서 손으로 떼어내려 하자 바로 쏘이고 말았다.

“으악!!”

“오메! 괜찮냐잉?! 긍께 가만있으랑께!“

얼굴에 붙었는데 어떻게 가만있을 수 있나. 그것도 일반인이 말이다. 혈관이 많은 입술이어서 그런지 아파도 너무 아팠다. 인상은 절로 찡그려지고 나를 쏘고는 생을 다한 꿀벌이 미웠다. 아픔이 조금 가셨을 때, 그제야 주변 어르신들께 인사를 드렸다. 어르신들은 재미있다고 껄껄 웃으시며 놀려대었다. 아프고 말 줄 알았던 입술은 누구에게 맞은 듯 끝없이 팽창했고 결국은 그날은 병원에 가서 해독 주사를 맞아야 했다. 첫 경험이 그다지 좋지 않은 기억으로 남게 되었다.

강렬했던 경험을 뒤로하고 고생한 보상으로 고기를 구워 먹는 식사 자리를 가지게 되었다. 그 자리에서 나의 상황에 대해 이런저런 담소를 나누다 보니 삼촌분께 뜻밖의 말을 들었다.

“농담은 아니고…. 거시기 긍께…. 양봉 한번 혀보는게 어떠냐. 대신 함부로는 시작허덜 마라잉. 농삿일이 만만하게 볼 거 아니다잉.”

앞서 말한 듯 양봉에 대한 첫인상이 그다지 좋지 않았지만, 가족들과 함께 있을 수 있는 것에 혹했다. 지금까지 미약하게나마 쌓아온 것을 포기하자니 덜컥 겁부터 났다. 그래도 고민을 해보았다. 만약 시작한다며 가정에 들어가는 돈도 문제가 되고 혼자 결정할 수 있는 문제가 아니었다.

“거시기. 걱정되믄 인터넷 한번 찾아봐. 젊은 애들 지원해 주는 거 많다니께. 아니믄 기술센타 가보고.”

집으로 돌아가고 나서 인터넷으로 한번 검색해 보았더니 청년 농업인에 대한 많은 지원이 눈에 들어왔다. 보다 보니 머릿속에 가닥이 잡히기 시작했고 이제는 사라진 줄 알았던 작은 별빛이 스멀스멀 빛나기 시작했다. 그날 밤에 아내에게 이야기하였다. 가족과 같이 붙어살며 돈 벌고 싶다며 어린애 투정 부리듯 떼를 썼던 것 같다.

“농사를 제대로 해본 적도 없으면서? 그런 식으로 쉽게 결정할 문제가 아니잖아. 같이 있으면 좋지. 근데 덜컥 시작했다가 아무것도 안 되면? 그땐 어떻게 할 건데?”

역시나 설득이 쉽지 않았지만 그래도 1년간은 쉬면서 가족과 함께하기로 하고 농사일을 배워보기로 했다. 모른 채 시작하는 것보다 알고 시작하는 게 나을 것이라는 생각을 했고 농업기술센터를 찾아가니 귀농귀촌계의 안내를 받았다. 안내받은 많은 지원 중에 선도 농가가 귀농인이나 청년 농업인에게 현장실습을 하고 교육비도 받을 수 있는 지원사업을 신청하게 되었고 돈을 받아 가며 교육을 받을 수 있다는 사실에 감사할 따름이었다. 일단 처음 3개월간은 무작정 배우기만 하였다. 양봉하면서 필요한 단어는 무엇인지. 필요한 도구, 꿀벌의 습성 등 다양하게 배워나갔다. 꿀벌에게 엄청나게 쏘여 몸의 여기저기가 부어올라도 그저 재미있었다. 선도 농가로 계시는 삼촌분께 정말 도움을 많이 받았다. 알려주기 껄끄러울 법도 한 거래처라든지. 타 지역의 유명한 농가에 견학을 할 수 있는 기회를 주셨고 교육 기간이 끝났더라도 항상 신경 써 주셨다. 물론 어머니의 지인이신 삼촌분도 많이 도와주셨다. 그런 도움으로 인해 키우고 싶은 꿀벌의 종류도 정할 수 있었다.

토종벌이라는 것을 사육하기로 하였다. 살아오면서 한 번쯤은 들어보았을 터다. 일반 양봉과 같은 꿀벌이라고 생각할 수는 있지만, 유전자와 습성 자체가 달랐다. 꿀 채취량도 적고 낭충봉아부패병이라는 동양종 꿀벌의 전염병으로 90% 이상이 폐사하였다고 한다.

삼촌분도 어려운 결정 했다고 하셨지만, 이 작은 별빛 같은 꿈을 태양처럼 밝게 빛내고 싶었다. 여유는 없지만 적은 돈으로 개량종 토종벌을 10군 정도 구매하고, 배워온 기술로 10군이 20군이 되고 결국 50군까지 양이 늘어나게 되었다. 점점 늘어나는 벌통을 보고는 자만해버린 것인지. 그해 겨울, 폭설로 인해 폐사해버렸다. 하지만 안쓰럽게 보신 선도 농가 삼촌분이 20군을 줄 테니 다시 한번 해보라며 선뜻 도와주셨다. 아직 제대로 시작도 못 한 상태에서 받기 힘들다 극구 사양했지만 농담으로 "나중에 나 망하면 니가 도와주면 되지!"라며 받으라고 하시곤 돌아가셨다. 나는 감사한 마음으로 도움을 받게 되었고 아직 성공이라고 하기는 미약하나, 그 도움으로 받은 20군의 벌통들이 지금은 약 100군이 되었다.

꿀을 유통, 판매하는 것과 사람들에게 토종벌을 어떻게 친근하게 소

개할지 앞으로 해야 할 일이 많다. 하지만 이 글의 시작인 권토중래(捲土重來)의 심정으로 끊임없이 도전할 것이다. 뜻을 이루고자 하는 사람은 반드시 성공한다는 말도 있듯이 아직 발판도 마련되지 않았지만, 끝없이 노력할 것이다. 사랑하는 내 가족과 언젠가는 태양처럼 빛날 나의 꿈을 위해서 말이다. 자기 계발 도서 《오늘이 기회다》 중에서 "과거의 내가 새로운 나를 탄생시키는 데 걸림돌이 되지 않도록 항상 버리는 싸움을 하자."라는 글귀를 본 적이 있다. 하지만 과거의 나도, 새로운 나를 탄생시키는 밑거름이라고 생각한다. 그리고 나를 위해주는 주변 사람들을 항상 돌아봤으면 한다. 앞으로 나를 믿고 사랑해 줄 사람들을 위해서. 그리고 가까운 미래의 나를 위해서.

여름

장마가 지나간 후

강우범

다시 없을 여름, 꼬마 농부는 한걸음 성장하고 있었다

"내려오면 안 돼! 돌아가!"

굴다리 너머에서 이웃 농가 사장님의 다급한 외침이 들려왔다. 반 넘게 잠긴 굴다리 안에는 이미 트럭 한 대가 침수되어 오도 가지도 못하고 서 있었다. 한창 일하던 중 발목부터 자박자박 차오르던 물에 급하게 귀가했다가, 쏟아지는 비가 영 심상찮아 하우스 상태를 살피러 돌아온 참이었다. 농장으로 향하는 다른 길도 모두 물에 잠겨 지나갈 수 없는 상태였다. 할 수 있는 일이라고는 먼발치에서 점점 잠겨가는 하우스를 바라보는 일 밖에는 없었다. 논산에 최고 700mm의 물 폭탄이 떨어진 지난 7월 14일의 일이었다.

다음날 물이 빠진 뒤에야 들러본 하우스는 전쟁통, 아니 그보다 더 처참했다. 뉴스에서만 보던 일을 내가 당하다니! 그저 헛웃음만 나왔다.

최악의 상황은 육묘장에 애지중지 키우던 4만 주의 모종마저 모두 물에 잠겨 휩쓸렸다는 것이었다. 여름에는 수확하지 않는 딸기 특성상 그나마 여름 수익을 기대했던 모종 판매였지만, 부푼 꿈이 한순간 홍수에 씻겨 나가버린 것이다. 집기와 기계들은 물에 떠내려갔거나 흙탕물을 뒤집어쓰고 제대로 고장이 나버렸고, 미리 주문해놓았던 하우스 비닐과 비료 같은 소모품들은 전부 사용할 수 없는 상태로 어지럽게 흩어져 있었다. 하우스 전체가 진흙 범벅이 된 것은 말할 것도 없었다. 어디서부터 손을 대야 할지 감도 잡히지 않았다. 뭘 해 볼 새 도 없이 아직 하우스 안에 있으면 위험하다는 동네 어르신의 말에 난장판이 된 하우스를 두고 다시 발걸음을 돌려야 했다.

자연재해의 무서운 점이 바로 이런 것이었다. 한순간 꾀부리는 일 없이 성실하게 일했고, 손이 닿는 곳은 최선을 다해 고치고 쓸고 닦으며 관리했다고 생각했으나 그렇게 한다고 해서 방지하거나 통제할 수 있는 일이 아니었다. 미리 대비한다고 해서 무섭게 쏟아지는 700mm의 비를 막을 수는 없는 노릇이다. 자연은 때로 적당한 비와 쏟아지는 햇살을 내려주고 풍년을 맞이할 수 있게도 해주지만, 때로는 폭우나 폭염, 혹한, 폭설을 보내기도 한다. 그리고 그런 자연재해에도 버텨내고 다시 모종을 심고, 수확을 해나가는 것이 바로 농부의 삶인 것이다. 그러나 농부의 삶에 대해 문외한이었던 나에게는 겪어보기 전에는 미처 알 수 없는 사실이었다. 그렇게 도시의 직장인은 초보 농부로서 농부의 삶에

대해 몸으로 부딪쳐가며 하나씩 배워가고 있었다.

일주일이나 비가 더 오고 나서야 비는 그쳤고, 해가 비추기 시작하자 복구작업도 그제야 시작되었다. 처참한 광경에 절로 울상이 지어졌다. 그러나 옆을 돌아보니 한시가 바쁘다는 표정으로 차분하게 복구작업을 시작하고 계신 주변 농가 어르신들이 보였다. 남 탓을 하거나 원망할 새 없이 차분하고 바쁘게 움직이는 모습이 존경스럽게 느껴졌다. 덕분에 나도 덩달아 마음을 추스르고 복구작업에 박차를 가할 수 있었다. 이웃 어르신들은 본인들 일로 바쁘실 텐데도 틈틈이 우리 하우스에 들러 우왕좌왕 하는 내게 해야 할 일들을 짚어주셨다. 급한 마음에 전기를 올려 지하수 모터를 돌리려다 깜짝 놀란 동네 어르신이 달려와 말려주시는 소동도 있었다. 그렇게 물가에 내놓은 어린애 같은 초보 농부들을 돌봐 주신 분들 덕분에 수해 피해 신고, 복구인력 지원 신청 등을 놓치지 않고 제때 할 수 있었다.

그러나 복구작업은 이제 시작이었다. 여러 가지 지원이 있다고 한들, 진짜 복구작업은 주인 손으로 직접 하나하나 씻어내야 하는 지금부터가 시작이었다. 폭우가 지나가자 기다리기라도 한 듯 폭염이 시작되어 작업은 한층 더 죽을 맛이었다. 땀을 비 오듯이 흘리며 누가 하우스 안에 한 겹 펴 바르기라도 한 듯한 진흙을 씻어냈다. 표현이 아니라, 정말 문자 그대로 폭우를 맞은 것처럼 땀이 쏟아져 내렸다. 그러나 멈출 수는 없었다. 어서 빨리 벗겨내지 않으면 비닐과 파이프는 점점 더 망가지고, 하우스 안에 온갖 병해충들이 더 퍼질 거란 생각에 쉼 없이 호스로 물을 뿜고, 비질하며 수해 쓰레기를 날랐다. 평소엔 무거운 것을 잘 들지 못하던 아내도 물을 먹어 몇 배나 무거워진 상토 포대를 옮겨 나르며 구슬땀을 흘리고 있었다.

그런데 참 신기했다. 청소가 이어질수록 지치고 짜증 나는 것이 아니라, 점점 몸과 마음이 가벼워졌다. 하나씩 정리되어 갈수록, 포기하지 않고 해냈다는 성취감에 기분이 좋았다. 내 손으로 하나하나 해결해 나가며 직접 땀 흘리지 않았다면 느낄 수 없었을 성취감이었을 것이다. 홍수가 모든 것을 쓸어간 것 같았지만, 땅과 물만 그 자리에 있다면 농부가 포기하지 않는 이상 농사는 계속되는 그것이라는 생각이 들었고, 결국 다음 작기를 무사히 시작할 수 있겠다는 희망이 돋아나는 것이 느껴졌다.

그러나 9월에 시작될 나의 두 번째 작기를 위해서는 아직 넘어야 할 가장 중요한 산이 남아있었다. 바로 '돈' 그러니까 생계의 문제였다. 경제적인 문제는 단순히 농사에 차질이 생기는 정도의 문제가 아니었다. 귀농 1년 차의 청년 농부에게 넉넉한 여유자금이 있을 리 없었다. 비상시를 위해 저축해두었던 돈까지 탈탈 털어 모종 구매 비용은 충당할 수 있었지만, 빙산의 일각일 뿐이었다. 당장 고장 난 기계들을 고쳐야 작물에 물을 줄 수 있을 것이고, 그 외에 자잘하게 들어갈 수리 비용과 떠내려간 소모품을 새로 구매할 비용, 더 중요한 것은 당장 해결해야 할 생활비였다. 허리띠를 졸라맬 수는 있지만, 밥을 한 끼도 먹지 않거나 트럭을 세워두고 딸기를 두 다리로 실어 나를 수는 없는 노릇이었다. 셈을 하기 시작하자 덜컥 겁이 났다. 게다가 나 혼자만 고생하면 되는 일이 아니었다. 나에게는 가장으로서 무사히 이 고비를 넘겨야 할 책임이 있었다. 일이야 땀을 흘리면 할 수 있는 것이지만 돈은 수익원이 없으면 해결되지 않는 문제이며, 내가 선택한 작물은 하필 최소 4개월은 더 있어야 수확이 시작되는 겨울작물인 딸기였다.

청년후계농 영농정착 지원 사업. 이 여름 내게는 단순한 보너스 생활비 같은 것이 아니었다. 가장 기초적인 생계를 해결하며 이 난관을 극복해나갈 수 있도록 해주는 말 그대로 나의 정착을 도와주는 지원가, 마지노선과도 같은 존재였다. 작물이 뿌리를 내리고 싶은들 토양이 마련되어있지 않다면 그 뿌리는 어디에도 단단히 박힐 수 없지 않은가. 자연재

해라는 암초를 만난 상황에서, 생활비마저 충당할 수 없어 모아둔 돈에 손을 대거나 어딘가에 손을 벌려야 하는 상황이었다면 아마 나는 농촌 창업에 대해 지금과는 다른 결론을 내렸을지도 모른다. 특히 나처럼 경험과 연고가 전혀 없이 창농하는 청년에게는 농촌에 뿌리를 내리고 정착하는 것이 훨씬 더 힘든 일이다.

좋은 아이디어를 가지고 열심히 하고자 하는 마음과 자세만으로는 충분하지 않은 1%가 있는 것이다. 또한 이는 '돈'만의 문제가 아니었다. 무더운 지난 어느 날, 끝없는 진흙뻘 씻어내기에 지쳐 잠시 휴식을 취하기로 하고 편의점에 들러 아이스크림을 하나씩 먹기로 했다. 체력은 이미 바닥이었지만 "조금만 더 힘내자. 나라에서 힘내라고 용돈도 줘서 아이스크림도 사 먹잖아."라는 나의 말에 아내도 잠시나마 홀가분한 미소를 지었다. 농담처럼 아내에게 한 말이었지만, 나 자신에게 하는 되새김이기도 했다. 그 후로 우리는 우리만의 농담처럼 지원금을 사용할 때는 "나라에서 사주는 비료 사러 가자~"거나 "나라에서 사주는 밥 먹으러 가자~"고 말하곤 한다.

나와 같은 청년들이 있고, 노력하고 있다는 것을 정부에서 알아주고 신경 써주고 있다는 것, 그것이 영농정착지원금으로부터 얻는 또 다른 '영농정착지원'이었던 셈이다. 청년들의 창농이 더 활발해져야 하는 것은 두말할 것 없는 일이다. 그중 무엇보다 중요한 것은 '농업을 시작하는 것'이 아니라 '농업인으로 정착하는 것'이 아닐까? 아무리 많은 청년이 창농의 매력을 느끼더라도 농업인으로 정착을 하고, 농업 경영을 이

어갈 수 없다면 의미가 없는 일일 것이다.

어쩌면 다시 없을 재난 같은 이 여름을 버틸 수 있게 해준 또 다른 힘은, 바로 나의 목표였다. 막연한 꿈이 아니라, 대가 이루고 싶고 꼭 이뤄내야만 하는 구체적인 목표가 내게는 있었다. 이 역시 청창농 사업을 통해 받을 수 있었던 도움이라고 할 수 있다. 청창농, 정식 명칭 〈청년후계농 영농정착 지원 사업〉인 이 제도는 창농, 특히 귀농을 계획하는 청년이라면 모두 한 번쯤은 지원해보는 사업일 것이다. 운 좋게 선정이 된 덕분에 받는 정착지원금으로부터 받은 도움, 그 제도의 중요성도 있지만, 꼭 선정되지 않더라도 받게 되는 작지 않은 도움이 있다. 바로 지원 과정에서 작성하게 되는 '사업계획서'이다.

나 역시 이 사업계획서를 작성하면서 추상적인 꿈으로만 존재하던 것을 수치와 하며 목표로 만들어 낼 수 있었다. 목표를 달성하기 위한 수단들은 어떤 것이 있는지, 매출을 어떤 경로로 얼마나 달성해야 하는지, 수익을 내기 위해서는 어떤 차별화된 전략을 가져갈 것인지를 체계적으로 정리하고 문서화 한 것이다. 이 사업계획서는 지금도 주기적으로 읽고, 수정하며 달성해야 할 중·단기 목표를 다시 한번 확인하고, 올바른 방향으로 가고 있는지와 작은 목표들을 달성 한 것에 대한 소소한 성취감과 원동력을 얻기도 하고 있다.

막연히 성공하고 싶다고 생각하는 것과 해야 할 일들을 구체적으로 정리해놓는 것은 큰 차이가 있다고 생각한다. 나 또한 해야 할 일이 정리되어있고 가야 할 길이 확실했기에 포기하지 않고 다시 한번 마음을 다잡을 수 있었는데, 내가 처음 창농에 기회를 느꼈던 그 마음을 잃지 않을 수 있었다. 수많은 도움 중 국가적인 사업의 도움을 받을 수 있었던 것은 더 없는 행운이었다고 생각한다. 그러나, 그 도움이 내게 100% 아니 그 이상의 효과가 있을 수 있었던 것은 내가 그 제도에 대해 정확하게 이해하고 그를 바탕으로 준비가 되어 있었고, 결국에는 포기하지 않고 끝까지 해낸 덕분이 아니었을까.

기나긴 두 달을 구슬땀 흘려보내고 어느덧 가을이 시작되는 지금, 하우스는 언제 침수되었냐는 듯이 정리되어 새로운 모종 정식을 기다리고 있다. 오히려 넘어진 김에 쉬어간다는 마음으로 더 철저히 소독하고, 씻어내며 준비한 덕분에 새로운 작기에 대한 기대감과 포부가 느껴지기도 한다. 모든 일이 무사히 지나간 지금에서 되돌아보면 아무것도 모르고 열정만 넘치는 지금 이런 일을 겪은 것이 차라리 다행스럽다는 생각이 들기도 한다. 이겨내고 보니 앞으로 똑같은 상황을 겪더라도 그때는 멘탈이 흔들리지 않고 차근차근 헤쳐 나갈 수 있으리라는 자신감이 생긴 것이다. 이렇게 얻은 자신감은 또 다음번에 닥쳐올 고비를 이겨낼 수 있는 정신력이 되어줄 것이다. 그렇게 하나하나 이겨내며 목표를 달성하다 보면 언젠가는 나의 최종 목표인 '성공한 청년 농부'에 도달할 수 있을 것이다. 내게 그것은 먼 꿈이 아니라, 지금도 하나하나 밟아 나가고 있는 현실이다.

에키네시아 한 컵의 가격

'이 에키네시아에 적절한 가격은 무엇일까?'

나는 스마트 스토어 가격란 앞에서 고민했다. 내가 조경 현장에 다니던 때는 가격이 어땠더라, 많은 것들은 느리게 변하는데 물가만큼은 나를 빠르게 스쳐 간다. 그때도 작은 화분 가격이 개당 3, 4천원은 했는데 1톤 화물 트럭 허전하지 않은 정도 채우면 이,삼백만 원은 훌쩍 넘었다. 꿈에 그리던 내 집 마련에 자금을 모두 쓴 나머지 조경은 딸려오는 낭만 정도로 생각하던 고객들은 깜짝 놀라곤 했다.

내가 농부가 된 계기는 정원에 있다. 내가 현장에 나갔던 건 약 4년 전 이야기로, 가든 디자이너인 어머니에게 일을 배우고자 노가다부터 따라다니던 이십 대 초중반이었다. 인문대학을 각 졸업하여 도면을 3D

로 구현하는 프로그램만 독학하고 덥석 조경판에 뛰어들었다. 꽃 이름도 잘 모르고 삽질은 아저씨들보다 못하면서 밤마다 근육통에 시달렸다. 현장에는 중년 남성들 뿐이라 위생 관념이 다른 그들과 화장실 같이 쓰는 거나 괴롭던 시절이었다.

친구들 만날 새도 없이 타지를 떠도는 외로움을 모두 잊게 해주는 순간이 있다. 언제나 시작은 바람 불면 먼지 일어나는 허허벌판이다. 가든 디자이너가 고객의 바람과 가치를 해석하여 정원을 그려간다. 그 후 시공 내내 날이 좋길 바라며 현장에 나선다. 중장비와 기술자들에 의해 디자인이 입체적으로 구현되고 그 마지막에 나무와 꽃이 들어와 조화롭게 식재 된다. 멀칭을 마치고 물로 모든 흙을 씻어낸 후, 고객에게 정원이 생기는 순간. 인간의 DNA에 수천 년간 새겨진 자연을 향유하고 소유하고자 하는 욕망이 정원으로 발달했구나. 내 땅도 아닌데 집 가기 직전까지 어슬렁대며 만끽할 만큼 아름다운 종합 예술의 경험이었다.

나는 손재주가 좋아서 많은 것들을 깔끔하게 잘 해냈는데, 기술자들을 존경하는 마음과 별개로 매지의 여왕이라는 칭찬에는 어쩐지 기분이 안 좋았다. 어릴 때 너무나 아름다운 인위적인 풍경을 보고 가든 디자인에 낭만을 가졌었는데 매일 땡볕 아래서 미장을 예쁘게 하다 보면 언제까지고 이것만 잘할 것 같았다. 내 가슴 속에는 창조 욕구가 불타는데도 타지에서 일하고 술 마시고 값싼 모텔에서 곯아떨어지면 사계절

이 훅 지나갔다. 계획 없이 재능이 많으면 역시 고달프다.

그렇게 이십 대 초중반을 보내다 보니 확실하게 알았다. 내 원동력은 오감을 자극하는 정원이었다. 지속 가능한 방향을 생각했다. 내 즐거움을 비롯하여 미래 비전을 따져 봤을 때, 이 아름답고 비싼 꽃을 내가 키워서 팔아봐야겠다는 생각이 들었다. 현재 야생화 농가는 줄고 있다. 정원을 아름답게 지속하고 싶은 사람들에게 정보는 한정적이며 조경 업계 시스템은 불편하다. 정원 식물 시장 또한 수입품임을 강조하거나 나무 재테크 마케팅을 했다. 어떤 것도 소비자 중심인 게 없었다. 사람들이 가드닝을 좀 더 편하고 즐겁게 할 수 있는 가드닝 브랜드를 만들자. Your Life Style In a Vase, 당신의 라이프스타일을 화분에 담으세요. 여기서 약자를 따와 브랜드명 일립YLIV을 지었다. 일단 엄마가 자주 쓰는 식재들 주로 갖춰서 엄마가 대표 디자이너로 있는 조경 업체에 납품해야지. 이게 시작이었다. 되는대로 흘러가며 고독하던 나의 인생에 꿈과 계획이란 게 생기기 시작한다.

'꿈을 좇아 아름다운 식물을 행복하게 길러 성공했답니다.'라는 문장을 쓰고 싶다. 지금의 나는 성공 신화 없으면 유퀴즈 나가서 할 말 없잖아 되뇌며 살아가고 있다. 계획이란 뭘까. 농사를 결심하고 땅을 사기 위해 대출 신청을 하던 그때 밤새 쓰던 서류에 구체적인 연도별 계획과 구체적 예상 수익 같은 게 계획이라면 계획이다. 각오는 했지만 아는 게 없어 안개를 헤매다 보면 어디서 공이 나타나 이마를 뻥 맞춘다. 별안간 찾아오는 사건 사고에 일일이 고통받으며 대응하고 배우는 풋내기다.

이십 대 여자가 어수룩하게 보인 바람에 당한 자잘한 사기, 마을 텃세. 무시당하기 싫어 목에 핏대 세우면 되레 돌아오는 역정. 오케이 그런 건 극복 해줄 수 있지. 장마 기간에 방심하면 가지가지 하는 나의 다품종 식물들. 농약 치는 거 생각보다 별거 없네! 힘내자 얘들아. 플러그까진 잘만 크더니 작은 화분에 옮겨 놓으면 '어? 너 나 건드렸어? 죽어줄게.' 하는데 내가 뭘 잘못했는지 알려주면 안 되겠니. 신기하게 잡초도

눈이 있는지 화분 속 식물이랑 비슷한 게 자란다. 뽑다 보면 하도 질겨서 잡초들처럼 살아야지 우스갯소리 한다. "나 왔다. 추웠지?" "나 간다. 너네도 쉬어~." 나도 모르게 말 걸어가며 키워서 내놓으면 비싸다는 고객들. 죄송합니다(아니 근데). 무엇보다 호락호락하지 않은 농사에 모두 뛰어든 고급 인력 우리 엄마, 아빠, 동생. 서로 등 두드려 주며 모든 사업엔 데스 밸리가 있다. 기죽지 말자. 하지만 곧 있으면 토지 대출 상환 연도 시작이라는 점.

근데 나 행복하다. 불만 늘어놓고 갑자기 행복하다 하니 수습하는 것처럼 느껴지겠지만 정말로. 인생이 레몬을 주면 레모네이드를 만들어 먹으라는 명언이 있다. 내 생각에 농부는 인생이 레몬을 주면 종자를 받아 레몬 농사를 짓는 사람들이다. 조금은 지독하긴 한데 특별하다. 그래서 자부심이 있다. 어떤 종교에선 저승이 사계절의 모든 꽃이 만발한 곳이라고 한다. 나는 계절을 따라 자신만의 리듬으로 순환하는 식물들과 함께하니 이승의 특권인 시간의 흐름을 생생히 느낄 수 있다. 지금, 이 순간. 현재에 있는 감각. 행복은 과거나 미래에 있지 않다.

가드닝과 농사의 공통점이라면 지금 사회에서 드물게 정직한 수확인 것 같다. 내가 성실한 만큼 돌아오며 정직한 만큼 건강한 보상이다. 유튜브 쇼츠나 게임 같은 자극적이고 즉각적인 도파민이 만연한 세상에, 내가 공들이고 바라보고 기다린 만큼 아름다워진다. 돌아서면 잊어버리는 것들과 달리 이런 보상은 내 안에서 은은하게 향기를 낸다. 오래도록. 그 향기가 그 사람의 영혼이 된다고 믿는다. 그러니 인생의 레몬을 재배하는 농부들에게도 각자의 향기가 있다.

그래서 이 에키네시아에 적절한 가격이 무엇일까?

이 에키네시아 모종을 만들기 위해서 어떤 것들이 필요한지부터 생각해보기로 했다. 이 특정 품종을 유럽에서 육성하고 채종한다. 정선하고 보관과 발아에 용이한 코팅 처리 후 포장한다. 선박에 실려 한참이 지나 한국에 도착한다. 세관 업무를 위해 대행인을 구하고 검역을 의뢰한다. 검역실에서 포장을 조금 뜯어 씨앗을 빼내 검사하고 문제없을 시 우리 농장에 도착한다. 너무 반가운 순간이다. 냉장고에 넣어놨다가 발아 조건에 맞는 시즌에 꺼낸다. 어떤 씨앗은 통통한데 어떤 씨앗은 소금 같다. 파종 트레이에 상토를 담고 눈을 가늘게 뜨며 세 개씩 나눠 넣는다. 요구 광량과 습도를 조성해주면 발아한다. 뿌리를 잘 돌리면 8~10cm 지름 화분에 상토를 더 해 옮긴다. 햇빛이 잘 드는 곳에서 정원에 심을 수 있는 상태가 될 때까지 육성한다. 여기까지가 식물 생에 가장 연약하고 예민한 때라 20~40%가 고사한다.

나는 이 에키네시아를 일단 3천 원에 올렸다. 업계 질서 망칠 만큼 싸진 않은데 고객 눈에 띄는 정도일 것 같았다. 올여름 가장 많이 판매한 상품명은 '여름 정원을 위한 에키네시아 모종 모음'이다. 다른 상품도 비슷한 가격인데, 내 생각엔 '여름 정원을 위한'이라는 문구가 넛지가 됐는지도 모르겠다.

이쯤에서 내 시작 결심인 '가드너들을 위한 농업 회사를 만들자!'가 떠오른다. 그래서 맨 처음 기획했던 게 네 가지 라이프스타일을 녹여낸 4.5㎡의 식물 세트였다. 나에게 그 디자인을 의뢰받은 엄마는 회의적이었다. 100명이면 100명 다 취향이 다른데 그 방향은 아닌 것 같다며. 그리고 5개월이 지난 지금까지 그 가든 유닛에 대한 주문은 없다. 그러나 난 그게 홈페이지 메인에 있으므로 사람들에게 우리가 어떤 가치관을 가진 농부인지 알려준다고 생각한다. 내 꿈은 100명에게 100개의 디자인을 주는 게 아니다. 데이터를 모으고 추천하여 100명 중 50명은 자신이 꿈꾸는 정원을 스스로 만들어 나갈 수 있게 보조하고, 20명은 우리 회사의 디자인 제안을 따를 수 있게 유닛 구성을 더 세분화하고 소형화할 생각이다. 30명까지 잡으려는 욕심은 없진 않지만 좀 더 미래의 일립에게 맡긴다.

미래의 일립은 무엇을 하고 있을까. 난 종종 자기 전 열 가지의 소원을 쓰고 잔다. 현재로서 꿈꾸는 목표, 비전 같은 것들. 나는 일립이 식물을 비롯하여 가드닝 문화 및 테크를 아우르는 농업 회사가 될 거라고 믿는다. 농업에 뿌리를 둔 글로벌 가드닝 브랜드. 그런데 글로벌 시장을 향한 열망과는 별개로 우리의 미래 산업은 점점 국지화될 텐데. 잠들기 전 고요히 열정을 다잡는 순간인데도 문득 걱정된다. 지구 열 오르는 속도가 이대로라면 빙하는 아스팔트에 떨어진 소프트콘처럼 녹을 것이다. 7m까지 높아진 해수면에 기존 항만과 공항이 안 잠기고 배길 리가 없다. 그러면 자국민 식량 한 톨 싸움이 될 게 뻔하다.

어렵사리 자리 잡은 이 땅에서 어떻게 변화해 가야 할까. 환경에 따른 재배 품목의 변화는 물론이요, 내가 사람과 환경을 위해 농업인으로서 할 수 있는 건 어떤 것일까 고민하지 않을 수 없다. 다양한 사람들이 가드닝으로 느낄 안온함과 행복을 꿈꾸며 시작한 일이다. 지속하기 어려운 환경 때문에 사치재로 둔갑해 버릴지, 아니면 그마저 입지도 남지 않을까 두렵기도 하다. 사람은 자신이 자연과 공명하는 생명체임을 인식하며 치유할 수 있다고 믿는데, 농업이 극한의 효율을 추구하게 된다면 식용 목적 외의 식물은 사람들의 마음속에 어떻게 비칠까.

그래서 다시 에키네시아 얘기.

손님 주문하신 에키네시아 한 컵 나왔습니다. 레시피로 씨앗 세 톨, 상토 한 컵, 백 일의 물. 거기에 제 피땀 눈물 한 방울씩입니다. 네? 제 피땀 눈물은 주문 안 하셨다고요? 손님이 주문 안 하신 탄소 발자국도 엄청나게 들어가는데요? 유럽부터 여기까지 건너온 선박에서 발생한 탄소, 운반차가 내뿜은 탄소, 플라스틱 화분 제작 발생 탄소 등등 아득하고도 빼곡한 탄소 발자국이요! 아 저희뿐만 아니라 이 세상 모든 제품엔 다 들어가요. 비용이요? 우리 모두와 지금 태어나는 아이들이 내시면 되겠습니다.

여전히 잘 모르겠다.

한편으로 정원은 개인의 몸과 마음의 건강뿐만 아니라 지구 온난화에 대응하는 방법이기도 하다. 곤충과 동물의 보호 기능을 수행하며, 아스팔트에 피복되지 않은 토지는 내리는 비를 적절히 완충하고 지하수로 저장하여 홍수를 예방하고 지열을 내린다. 도심지에 더더욱 정원과 공원이 필요한 이유다. 정원은 심미적일 뿐만 아니라 구성 식물이 이산화탄소를 흡수하고 산소로 배출한다. 또 정원에서 과채류를 기르고 수확하여 자급자족하는 행위 또한 탄소 저감의 이상적인 방법이다. 농업의 순기능과 아주 흡사하다.

그래서 '글로벌 가드닝 브랜드 일립이 된다.' 그다음 번호로 '기후, 환경에 발맞춰 발전하는 일립이 된다.'라고 써넣게 됐다. 걷잡을 수 없는 것처럼 보여서 모른 척하고 싶은 게 어쩌면 당연하지만, 그런데도 우리는 각자 할 수 있는 일을 하면 된다. 식물과 더불어 사는 문화를 재배하는 일. 나의 농업으로 만들어 갈 것이다. 이 시대 청년이자 농업인으로서 힘들고 위태로워서 적어도 후손에겐 그들이 내지 않은 비용을 상속시킬 수 없다. 다만 반짝이는 여름의 에키네시아 한 송이는 물려 줄 수 있도록.

김은주

여전히 모든 순간을 사랑해

사방에서 짖어대는 매미 소리 사이로 등줄기에 땀은 비 오듯 쏟아지고 오빠에게 물려 입은 해병대 티셔츠는 더 붉게 짙어져 간다. 경로를 이탈한 땀방울이 눈을 찌를 때에야 허리를 폈고 땀방울을 훔쳐낸다. 우리 닭들도 잘 있나 살펴보니 이제야 안위를 살피는 주인장에게 불만 가득 새초롬한 부리를 벌리고 혓바닥을 보인다. 날개를 들고 양쪽 겨드랑이를 벌려 우스꽝스러운 시위를 하고 있다. 그들을 보고 있자니 약간의 게으름도 부릴 줄 모르고 삽질을 놀린다.

얼른 해서 시원한 바람에 흙 목욕할 수 있게 해줄게. 조금만 기다려!

내가 귀농을 시작한 해부터 매년 9월 초만 되면 날씨가 요란했다. 처음엔 걱정 없었다. 내 다리보다 굵은 쇠기둥으로 세워진 농장인데 뭐 어때. 앵커가 뉴스에서 쉼 없이 태풍 속보를 읽어낸다. 이 정도는 끄떡없다며 마법 같은 주문을 외우곤 잠들었다.

아직 동트기 전 아빠에게 걸려 온 전화에 잠을 깼다. "은주야, 삽 두 개 들고 퍼뜩 농장 온나."수화기 너머 다급하고 단호한 아빠의 말투에 농장으로 쫓아 올라갔다. 하늘이 쪼개질 듯 소리를 내며 찾아왔더니 기대와 달리 너무나 평온한 내 잠자리에 샘이 난 걸까. 아빠의 말투처럼 농장은 처참했다. 쏟아내는 비를 감당하지 못하고 농장 뒤 축대벽이 무너져버리고 만 것이다.

몇 날 며칠을 고생하며 쌓았는데 이렇게 허무하게 무너지는 게 말이 돼? 내리쬐는 성난 햇볕 앞 아이스크림콘처럼 힘없이 농장 코앞까지 흘러내린 축대벽의 잔해들이 믿기지 않았다. 그 탓에 길잃은 물길이 닭장까지 들어왔다. 졸지에 닭들은 늦은 물놀이를 하느라 여념이 없다. '아이 바보들!' 닭들의 상태를 살펴보다 어처구니없는 상황에 짜증이 솟았다. 흙과 왕겨, 닭똥이 함께 제멋대로 섞여 난리인 이곳에 굳이 알을 낳겠다고 우왕좌왕. 낳을까 말까 고민하는 사이 나와버린 알들은 이미 진흙투성이로 형체를 제대로 알아볼 수가 없다. 무너져 내린 축대벽보다 더 시급한 건 얼른 닭들의 보금자리를 원상 복귀시키는 것. 물이 흘러들어오면서 주변 바이러스, 기생충 원충 등이 섞어 들어온다. 이대로 조금 더 내버려 두면 결국 탈이나 병이 생긴다.

더군다나 항생제 없이 키우고 있어 쓸 수 있는 약이 하나도 없다. 병이 들면 시름시름 앓다 죽는 닭을 손도 못 써보고 매일 몇십 마리씩 보게 될 게 뻔했다. 아빠는 연식이 꽤 되어 보이는 굴착기로 진흙을 퍼내고 나는 양동이를 가져와 똥물을 퍼냈다. 어느 정도 퍼낸 닭장에 20kg은 거뜬히 나갈 법한 네모나게 뭉쳐진 톱밥을 닭장 가득 날랐다. 누가 평소 삐걱대는 부녀라 생각이나 할까. 우리의 호흡은 완벽했고 닭장은 제법 제자리를 찾아왔다. 그때야 안도의 한숨과 함께 맥없이 주저앉는다. 고요한 침묵에서 나눈 물 한 모금으로 서로 수고를 전한다.

매년 도장 깨기 마냥 기록을 경신하는 이상 기후. 물티슈 하나도 허투루 쓰지 않는 엄마가 생각났다. 이거 몇 장 더 쓴다고 세상이 뭐가 달라지냐는 볼멘소리에 '니도 자식 낳아봐라.'라고 답했던 엄마. 여러 생각이 꼬리에 꼬리를 문다. 여태껏 나와 환경오염, 자연재해, 기상 위기라는 단어와 거리가 먼 사람인 줄 알았다. 그러나 이런 것들과 지긋지긋 4계절 내 부딪혀 살아가는 업을 택하다 보니 뼈저리게 느끼는 순간들이 있다. 그러니 이제는 사소한 기사 하나 뉴스 하나라도 놓칠 수 없다. 엄마처럼 지금 내 자리에서 내가 지켜나 갈 수 있는 게 뭘까.

동물 복지로 키워낸 닭들에게 얻은 분변은 화학비료 대신 유기 농사의 거름으로 쓰인다. 유기농 순환농법을 지향하는 나도 어쩌면 돈벌이 수단을 넘어 지구를 지키는데 발가락 하나 정도는 걸치고 있는 게 아닐까. 괜스레 어깨를 들썩거려 본다.

드디어 터질 게 터졌다. 두서없이 뱉어낸 서러움들이 높아진 언성에 한껏 더 날을 세운다. 아침상에 내어진 된장찌개가 그대로 식어갔다. 간혹 도무지 이해할 수 없는 서로의 생각에 말 문이 막힌다. 탁! 던지다시피 숟가락을 내려놓곤 굽은 어깨를 씩씩거리며 아빠는 자리를 피했다. "내가 여기서 안 한 게 뭔데. 아빠는 너무 주먹구구식이야!" 참아 왔던 눈물을 쏟아내고 미처 하지 못한 말들을 엄마에게 하소연한다. 그저 애처롭게 쳐다보는 엄마의 표정에 서서히 눈물이 멎었다. 이제야 아빠에게 끝없이 쏘아댔던 말들이 마음을 콕콕 찔렀다. 밥 한술도 제대로 뜨지 못한 아빠의 밥그릇을 보니 또 그쳤던 눈물이 하염없이 흘렀다.

아마 이런 상황들이 찾아오는 건 나뿐만 아니라 후계농이라면 예사일 터. 부모님과의 관계가 회복되지 않아 농사를 그만둔다는 언니, 매일같이 전화해 부모에게 받지 못한 이해를 구하는 동생. 부모와 맞지 않아 아예 농지를 반을 뚝 잘라 남처럼 일하는 친구까지. 4-H 모임에서 부모와의 문제는 항상 빼놓을 수 없는 화두이다. 그렇게 매번 서로에게 공감과 위로를 해 가며 모임의 밤이 짙어진다.

우리의 문제는 무엇일까. 날이 갈수록 더 꼬여만 가는 실타래를 보고 있자니 나도 그냥 가위로 뚝 잘라버리고 싶은 심정이다. 답답한 마음을 풀 곳이 없어 매일 눈물을 흘리며 우울 속을 걸어갔다. 그럴 때면 처음 귀농을 반대하던 엄마는 경상도 남자라, 고된 길만 걸어온 사람이라 운을 떼며 나에게 아빠를 이해시켰다. 부모의 직업 중 가장 가까이서 경험

할 수 있는 것이 농사란 말이 있지 않은가. 누구보다 그 고됨을 알고 있기에 그냥 흘려들을 순 없었다.

엄마는 우리 둘 사이서 파랑새 역할을 자처했다. 내가 느꼈을 감정들을 풀어 아빠에게 전했다. 어릴 적 매일 저녁 흙투성이 된 양말을 벗겨주며 생글거리는 순했던 셋째딸. 그때 그 시절에 머문 아빠의 시점에서 지금 내 모습이 다소 충격일 듯했다. 서로 조금씩 노력해 갔다. 어두웠던 주름 사이로 아빠는 항상 내게 어색하지만 엷은 미소 띤 모습만 보여주려 했다. 나 역시 아빠의 말들을 고집이라고 단정 짓지 않기로 했다. 그러니 머지않아 우리 곁에 사소한 순간마다 희망이 머물렀다.

여러 해 함께하다 보니 서로의 부재를 느낄 수 있는 날들이 많았다. 특히 코로나19로 두 달이나 아빠가 꼼짝없이 입원 신세를 진 적이 있다. 혼자 매일 900kg이 넘는 사료를 주고, 100판이 넘는 알을 줍고 세척하고 포장했다. 밤마다 곡소리를 내며 침대에 몸을 내동댕이쳤다. 아빠는 어찌 이렇게 한평생을 살아온 걸까. 문득 이런 생각이 스치는 밤이면 잠도 쉬이 오지 않는다. 목이 멜 만큼 속상했던 일들도 차마 입 밖으로 꺼내지 못한 말들도 희미해지자 서로의 단단함만 남았다. 그렇게 각자 마음에 흩어졌던 평화와 사랑의 조각을 찾아다녔다.

알에서 막 깬 병아리가 농장에 도착했다. 앞으로 150일은 사료만 먹는 애물단지들. 나는 잘 키우고 싶어 여러 양계농장을 방문했다. 그들이 하나같이 어떤 병엔 어떤 항생제가 드는지 숨겨둔 맛집 비법 소스를 알려주듯 속삭이는 탓에 항생제 없이 닭을 키우는 일이 정말 가능한 것인가. 의문이 들었다. 항생제를 주지 않으려면 병에 걸리면 안 되니까 백신에 힘을 쏟자! 제일 기본부터 실천했다. 6~7번의 백신을 하기로 했다. 백신주사 전문 업체를 알아보니 그 금액이 제법 컸다. 이 정도 금액이면 내가 밖에 나가 한 달은 꼬박 일해야 받을 수 있는 정도라 망설여졌다. 아빠에게 내가 백신을 해보는 건 어떠냐고 물었다. 아빠는 고개를 끄덕였다. 아빠의 가벼운 고갯짓에 이제는 아빠가 날 인정해주는 것만 같아 용기가 더 샘솟았다.

무식하면 용감하다더니 나를 두고 하는 말인가. 백신 전용 연속 주사

기를 구매했고 수의사님께 전화해 물어가며 백신 별로 어디다 주사하는지 배웠다. 낮에 주사하면 닭들이 놀라 3일을 죽은 듯이 움직이지 않았던 게 생각나 밤에 주사하기로 했다. 작은 헤드 랜턴에 의지해 2,000마리의 다리를 찔렀다. 서툰 주사질에 내 손도 몇 번을 찔렀는지 모른다. 그래도 어찌어찌 4시간여 만에 하고 나니 잊고 있던 근육통이 몰려왔다. 무서운 줄 몰랐던 스산한 산속 분위기에 쫓기듯 내려왔다. 다음날, 여느 때와 다름없이 뛰어노는 병아리들을 보며 혹여나 잘못되진 않았을까 하는 지난밤 불안감이 그제야 눈 녹듯 사라졌다. 그때의 그 찬연했던 도전이 지금도 마음에 불씨로 남아 가끔 뜨겁게 가슴을 데운다.

나는 '양계소녀'라는 이름으로 유튜브, 인스타그램에 내 일상을 기록했다. 감사하게도 몇몇 방송사에서 관심을 두셨고 그 덕에 여러 방송 출연을 했다. 이런 게 방송의 위력이구나. 하루에도 백여 통 이상 우리 농장 유정란을 사고 싶다는 전화를 받았다. 이러다 부자가 되는 건 아닌가 달콤한 상상에 취해갈 때쯤 이내 일이 터지고 말았다. 쉽게 깨지는 알의 특성상 제대로 포장이 되어있지 않아 여러 건의 클레임을 받은 것이다. 이대로는 안 될 것 같아 더 이상의 택배 판매를 중단했다. 준비가 제대로 되어있지 않은 채 찾아온 행운은 더 큰 실망을 안겼다. 다른 농장 상품들을 살폈다. 포장 상태뿐 아니라 다른 문제점은 차고 넘쳤다. 누리죽죽 한 무지 택배 상자에 테이프를 칭칭 감은 꼴이라니. 그때 문자 한 통이 울렸다.

'고성농업기술센터. 〈농식품 브랜드 및 포장 디자인 개발 교육생 모집〉'

평소 매일 농장에 상주해야 마음이 놓이던 나는 지자체 교육을 잘 듣지 않았다. 어쩌다 교육을 듣다 보면 실질적으로 내 위치와는 맞지 않는 것 같았다. 이럴 거면 닭을 더 살피자 합리화했었다. 여전히 반신반의하며 교육을 신청했다. 이 교육이 끝날 때쯤 뭔가 모를 감사함과 뿌듯함에 목구멍까지 차오른 눈물을 남몰래 삼키는 줄도 모르고.

두꺼운 안경 너머 독특한 목소리를 소유하신 교수님. 매서운 듯 부드러운 목소리에서 나오는 말들이 가려운 부분을 속 시원하게 긁어주신다. 신통방통한 교육에 학생들은 매 교육 시간 박수 소리로 강당을 채운다. 생명력 없던 내 브랜드에 작은 씨앗을 심어 주셨다. 내가 생각하는 대로 이 씨앗은 화려한 꽃이 될 수도, 수수한 감자 될 수도 있다. 내 브랜드에 우리 농장을 가득 담았다. 완성된 브랜드가 들어갈 포장 디자인도 했다. 직접 오리고 붙이며 어떤 포장이 구매자들의 구미를 당길지 교수님과 머리 맞대 고민했다. 완성한 작품을 가지고 직접 내 브랜드를 발표하는 시간도 가졌다. 발표가 끝이 나면 "김은주! 김은주! 김은주! 파이팅!" 기운이 돋는 구호를 외쳐 주신다. 이게 뭐라고 또 잔잔했던 내 마음이 울컥 진동했다. 감사합니다. 교수님, 담당 공무원분들! 아쉽게 듣지 못한 친구들이 있다며 내년에도 꼭 개설해 달라고 부탁드렸다. 그리고 교육 후기가 궁금한 4-H 친구들에게 카톡을 보냈다. '이 교육 완전 강!추!'

과거 나는 이때쯤이면 거창한 귀농 성공 이야기를 담고 있지 않을까 했다. 예전과 다름없이 닭과 씨름하는 모습에 가끔은 실망도 좌절도 했었다. 하지만 봄마다 그 자리에 서서 향을 내는 아카시아처럼, 소리 없이 천천히 늘어가는 나이테처럼 그 자리를 지켜왔지 않는가. 이것만으로도 충분해. 은주야. 모든 것은 하루아침에 일어나지 않는다며 나 자신을 다독거린다. 가끔 도시의 부름이 간절하기도 했고, 매 순간 힘들고 지쳐 포기하고 싶을 때도 많았다. 그럴 때마다 아주 먼 훗날 풀어낼 영웅담으로 이 정도는 돼야지 하며 털어냈다. 언제나처럼 이 자리를 굳건히 지켜 건강한 먹거리를 생산하는 멋진 아줌마, 할머니가 되기를.

정성령

공붓벌레의 칠전팔기

#새로운 기회

유년 시절 사고로 여러 번 생명의 위기를 겪었고, 고등학교 시절에는 폐결핵이 뇌결핵으로 전이되어 건강의 최악인 상황에 이르게 되어 결국 자퇴 후 치료에 전념하는 등 약 3년간 죽음의 경계에 서 있었던 적이 있었다. 그에 따라 의미 있는 삶, 가치 있는 삶을 꿈꾸었고, 대학, 대학원에서 윤리학, 철학, 사회학을 공부해왔다. 학문에 전진하며, 이와 비슷한 곳에서 일하는 게 나의 꿈이라 생각하며 살아왔었다. 그런데 내 꿈이 한순간에 날아가 버렸다. 학교 측으로부터 지도교수님이 부당해고를 당하셨다. 이제 논문만 쓰고, 하면 되는 건데…. 갑작스레 꿈을 잃고 몇 달을 폐인처럼 방황하며 살았었다. 그러던 중 잠시 짧게 체험으로 영농경험을 하게 되었으며, 거기서 청년후계농 영농정착지원사업을 알게

되었다. 청년후계농 사업을 잘 활용하면, 충분히 내가 그리던 길을 걸어갈 수 있을 것 같았다. 또한 짧은 체험이지만 영농활동도 그리 나쁘지만은 않은 듯했다. 무작정 영농교육에 들어갔다. 전국으로 다니며, 여러 농업 교육을 들으며, 그 누구보다 짧은 기간이지만 열심히 살았다. 기다려라~ 내가 간다. 가즈아!! 21년도 청년후계농!!

#내 땅 찾아 삼만리

경북 포항에서 청년후계농으로 선정되었다. 평생을 도시에서 살았던지라 시골의 정서와 시골살이 등등 모든 것이 낯설었다. 그러나 다행히 좋은 멘토분을 만나게 되었고, 그분과 교제하며, 정착하기 위한 기반 마련에 나섰다. 또한 멘토분께서 몸소 주변의 지인들을 수소문하여 괜찮은 매물이 있는지도 알아봐 주셨다. 그러나 내 땅을 찾는 여정은 그리 녹록지 않았다. 추후 체험농을 고려한다면 길목도 괜찮아야 할 것이며, 농업으로 결혼하고, 가정을 꾸리려면 최하 1,000평 이상은 되어야 할 것이다. 이런저런 조건들을 보며, 매물을 찾아봤지만 많고 많은 땅 중에 내 땅은 없었다. 모든 것에 알맞은 조건을 찾았으나 처음 땅값보다 갑자기 올려 부르시는 분도 계셨고, 갑자기 안 파시겠다고 하는 등등 쉽지 않았다.

시간이 흘러 흘러 어느새 10월이 되었다. 더는 미룰 수가 없다. 모든 조건을 내려놓고, 양보할 수 없는 몇 개의 조건만을 갖고서, 지역의 부동산이란 부동산은 모두 다 찾아다니며, 매물을 찾기에 이르렀다. 부동산 사장님이 말씀하셨다. “이 매물 진짜 괜찮습니다. 10년 된 사과나무도 있고, 창고에 ss기, 사과 선별기까지 주신다고 하니 이건 잡아야 합니다. 이보다 더 좋은 매물은 없습니다.” 여러 조건을 상기해볼 때 이보다 더 좋은 매물은 더 이상 올해 안에 찾는 건 불가능하지 싶었다. 그리고 덥석 계약서를 쓰고, 땅을 구매하기 위한 작업에 들어갔다.

#산산조각난 귀농의 꿈

유튜브나 여러 뉴스, 매체들을 보면 귀농 청년을 향한 사기 사건을 접할 수 있다. 연고도 없는 곳에서 사기를 당했다간 곧장 영일만 해수욕장으로 달려갈지도 모르기에 매사에 신중하게 접근했다. 계약서를 씀에도 주신다고 약속했던 모든 기계, 그리고 창고가 무허가이기에 나중의 철거 비용까지 고려하여 최대한 깎을 수 있을 만큼 깎으면서 계약서에 다 명시했다. 난 성공할 수밖에 없다. 사과 수확시기 잔금을 치르고, 등기를 받았다. 전주인은 수확 후 모든 짐들을 뺄 수 있게끔 한 달간의 말미를 요청했다. 그리고 12월 그 땅을 둘러보며 마지막으로 전주인에게서 인수인계를 받았다. ss기 사용법, 선별기 사용법, 관정, 사과나무에 관한 이야기까지 하나하나 인수·인계받고 전달받았다.

1월이 되고, 동계전정과 방제를 위해 밭을 한번 둘러보았다. 여러 책과 유튜브를 통해 사과 농사 짓는 법을 급하게 습득했다. 그리고 배운 대로 실천에 옮기며, 가장 먼저 전정에 나섰다. 창업농이기에 최대한 예산은 아껴야 한다. 주변의 어르신들께선 전정은 업자에게 맡겨야 한다고 아우성이었지만, 나의 배움에 따르면 각 사과나무를 가장 잘 알고, 알맞게 수세를 조절하고, 농사를 잘 짓는 방법은 주인이 직접 모든 것을 해야 한다고 했다. 그 가르침에 따라 전지가위를 갖고서 사다리에 올라 전지에 나섰다. 어라? 꽃눈이 전혀 안 보인다. 전주인이 수세가 센 편이니 비료를 주지 말라는 말은 들었다만 이 정도로 꽃이 없다면, 당장 올해 대출이자는 불가능하다. 해결 방법을 찾아야 한다.

부리나케 그 길로 능금조합의 지도사님을 만났다. 이런저런 상황을 말씀드리고 혹 해결책이 있는지 조언을 구했다. 지도사님은 전주인이 누구인지 먼저 물으신다. 전주인의 이름을 얘기했더니 지도사님은 웃으시면서 그냥 돌려보내려 하신다. 난 간절하기에 조금 더 부탁을 드려보았다. 젊은 청년과 지도사의 대화를 보며, 능금조합에 앉아 쉬고 계셨던 몇 분의 어르신 중 한 분이 관심을 두고 물으신다. 무슨 문제가 있느냐고. 현재 사과밭의 상황을 말씀드렸더니 지도사님과 같이 전주인이 누구인지 물으신다. 전주인의 이름을 얘기했더니 고개를 내저으시며 그냥 가라신다. 내가 어리둥절한 표정으로 있자니 그 옆에 앉아 계신 한 분께서 말씀하신다. "그 사람 이 동네서 유명한 한량이야. 농사꾼 아녀. 젊은이 고생하시게." 어떡하지? 전주인이 엉망으로 관리했다면 이 땅에서 소출 나는 건 포기해야 할지도 모른다. 다른 방법이 없을까? 당장 현실이기에 지푸라기라도 잡아야 한다.

지푸라기라도 잡는 심정으로 조경기능사 과정 수업을 듣고 있으니 조경 선생님께 여쭤보자. 조경 선생님은 원론적인 판단에서 몇 가지의 조언을 건네신다. 1. 관리기로 땅을 파헤쳐 뿌리를 자르는 단근 작업을 해라. 2. 아니면 5월경 나무줄기를 둘러서 껍질을 벗기는 환상박피를 해라. 3. 사과나무의 접목 부위가 땅에 함몰되었는지 살펴보고, 함몰된 부위를 드러내라. 4. 당장에 강전정을 하게 되면 나무의 반발이 더 심해지니, 강전정 보단 지금은 도장지만 살짝 제거하는 등의 약전정을 시행 후 잎이 나고 꽃이 필 무렵 전정을 하여 나무의 수세를 낮추는 방법이 좋다.

할 수 있는 대로 뭐든지 다 해보기로 한다.

2월이 되자 곳곳에서 동계방제하는 SS기 소리가 곳곳에서 들려온다. 이제부터 본격적인 사과 농사가 시작되는 것이다. 창고에 있는 ss기를 꺼내어 방제를 시작하려 한다. 어라? 시동이 걸리지 않는 것이다. 혹 내가 방법을 모르는 건가 싶어 여러 유튜브 혹은 지인들 손을 다 빌려 시동을 걸어본다. 아무리 해도 걸리지 않는 것이다. 혹시 고장이 났는가 싶어 수리기사님 전화를 걸어 a/s를 요청했다. 수리기사님은 어떤 기종이며, 모델명, 그리고 전주인이 누구인지 물으신다. 내 얘길 다 듣고 기사님은 a/s가 불가능하다고 말씀하신다. 이미 오래전 단종된 모델이기에 부품 수급도 어렵고, 이래저래 시동을 걸고, 작동을 시킨다고 해도 급출발, 급정거 등으로 인해 매우 위험한 상태라 말씀하신다. 그냥 중고로 하나 구매하라고만 말씀하신다.

나무 연생도 속았고 나무 수세를 살리느라 애써오며 힘들게 마음잡았거늘 어찌 이럴 수 있는지 암담하다. 진짜 잘 알아보고, 스스로 이 땅을 잘 샀다고 스스로 칭찬했는데, 헛똑똑이였다. 그냥 내 인생이 후회스러웠다. 내가 뭔 부귀영화를 누리겠다고 모든 가족 반대 무릅쓰고 귀농했을까? 왜 난 좀 더 신중하지 못했던 걸까? 한숨만 나올 뿐이다. 모든 것을 포기하고 싶지만 이미 귀농 빚쟁이가 된 삶이며, 시간을 되돌릴 수도, 땅을 다시 물릴 수도 없기에 마음을 가다듬고 방법을 찾아보고자 애써본다. 이가 없으면 잇몸으로 씹어야지. 고압분무기로 방제하기로 마음먹고 한 걸음 한 걸음 걸어 가본다.

#산산조각이 난 귀농의 꿈-못 이룬 친환경

건강에 관한 관심, 의미 있는 삶을 꿈꾸었기에 친환경 과수원으로 만들고 싶었다. 마침 귀농 첫해, 경북 농민사관학교에서 친환경 농자재 제조 수업을 들었고, 그 과정은 내게 자신감을 심어 주었다. 주변의 어르신들은 농약만 잘 쳐도 반은 먹는다고 말씀하신다. 수업에서 들었었던 내용에 따라 여러 친환경 농약을 직접 만들어 고압분무기로 살포했다. 어라? 아무리 꼼꼼히, 자주 방제해도 병해충의 피해가 줄어들지 않는 것이다. 왜지? 내가 희석배수를 잘못했나? 관련 책자를 살피고, 해도 방법은 틀린 게 없었다. 이유가 뭐지?

조언을 구해 볼 분이 없을까? 농민사관학교 친환경 농자재 제조 수업을 같이 들었으며, 의성에서 사과 농사를 지으시는 동기분께 전화를 걸어 조언을 구해보았다. 그분은 이렇게 말씀하셨다. “사과 농사 친환경 재배는 불가능하다니께. 일본의 기적 사과는 우리 같은 생계형 농업인들에게 사치이며, 불가능한 법잉께, 마음을 고쳐먹게나.” 나는 되물었다. "그럼 우린 무엇 때문에 바쁜 시기 수업을 쫓아다닌 걸까요? 후회되네요." 그분은 이렇게 말씀하셨다. "친환경 농사는 불가능하지만 관행 방식대로 방제하되, 틈틈이 친환경 농약을 방제하면, 최소한 다른 농가에 비해선 친환경적으로 재배하는 게 아닐까? 그리고 농약값도 아낄 수 있으니 의미 없는 행위는 아니라고 보네."

동기분의 조언에 따라 마음을 다시금 고쳐먹고, 다시금 나아가기로 한다. 한여름 8시만 되어도 30도를 넘기니 새벽 3시에 나와 약칠 준비에 고압분무기 약대 호스를 끌며 방제했다. 아무리 서둘러도 중간에 물이라도 한 모금 마시면 해 질 녘 온도가 떨어져야 마저 칠 수 있었다. 결국 사과 방제하는 날은 새벽 3시에 출근해 밤 9시에 퇴근해야 했다. 참 농사라는 거 생각할수록 쉽지 않다.

#고목이 된 사과원과 갱신

과수에 관심이 많았고, 과수 농사를 짓고 싶었지만 여러 과수 중 사과 농사를 짓게 될 거라곤 생각지 못했었다. 부랴부랴 사과밭을 뒤늦게 매입하고 난 뒤 농사지을 땐 큰 꿈에 부풀어 시작했었다. 전주인에게서 나무의 연생이 10년 차라 인계받았기에 아직 한창일 거고, 몇 년간 잘 준비하면 될 거로 생각했기 때문이다.

그러나 사과 보험에 가입하고, 손해보험사를 통해 접하게 된 사과의 년 수는 충격이었고, 좌절의 연속이었다. 올해 나무가 18년 차로 고목이라고 하셨다. 갱신하든 대비를 하라고 하셨다. 전주인에게 그냥 눈

뜨고 코 베인 격으로 제대로 사기당한 것이다. 사과나무 때문에 주변의 땅값보다 평당 5만 원은 더 냈는데, 내가 산 땅이 다른 논이나 밭보다 못한 상황인 것이다.

그냥 한숨만 흘러나왔다. 당장 갱신이 필요하기에 좋은 방법이 없을까 일단 먼저 찾아보았다. 그러던 중 마침 경북 농민사관학교의 다축형 수업을 5:1이란 경쟁률을 뚫고, 들을 수 있게 되었다. 당장 갱신이 필요한 상황이었기에 나에게 적당한 시점의 수업이었다. 새로운 돌파구를 찾으리라 기대하며 결석 없이 열심히 참여했다. 약대 호수를 끌며 방제하느라 시간도 오래 걸리고 힘들기 그지없어서 다른 농작업도 밀리고 힘들지만, 수업은 포기할 수 없었다.

그러나 수업을 들으면서 망설여지는 부분이 발생했다. 먼저 단축을 할 수 있는 묘목을 구하기가 쉽지 않다는 것이었다. 최소 2년 전엔 미리 주문해야 구할 수 있으며, 당장 내년에 갱신하려는 내게 있어 묘목 구하는 게 하늘의 별 따기였다. 나아가 사과원을 다축으로 조성함에 따른 부대시설 비용 또한 무시할 수 없는 상황이었다. 사과 지주대 파이프, ss기, 고소작업차, 저온저장고와 농업용 창고 등등은 당장의 투자금이 어마어마하다. 마지막으로 무엇보다 사과연구소 교수님의 말씀은 불난 집에 기름을 끼얹은 꼴이 되었다. "기후 온난화가 되는 시기 포항의 산간 지역도 아닌 평야에서 품질 좋은 사과가 나올 수 있을까요? 그 유명했던 대구 사과도 일순간 다 무너졌어요." 기후 온난화가 더욱 가속되는 상황에서 사과가 포항의 특산물이긴 하지만 사과가 무너지는 것도 일

순간이란 생각이 들었다. 어마어마한 재투자를 했는데 수익이 보장되지 못한다면 재투자는 무리다. 뭔가 돌파구를 찾아야 한다.

#교육이 답이다.

창업농인 내게 있어 교육은 생명이며, 너무나도 중요하다. 사실 농사를 지으면서 먼 지역까지 교육에 참석한다는 건 매우 부담스럽고, 고된 일이다. 그러나 반드시 참여해야 한 단계 도약할 수 있다는 생각으로 교육에 참여해왔다. 그리고 그 교육을 통해 희망을 발견하고 꿈꿀 수 있었다. 교육을 통해 수세가 센 나무는 당도와 색이 잘 나오지 않으며, 그에 대한 대안으로서 5월 내에 황산칼륨을 일찍 뿌리면 상황이 좋아질 수 있다는 것을 배우게 되었다. 그래서 배운 날 즉시 비료를 사서 실천에 옮겼다. 아직 적과와 전지가 완전히 끝나지 않은 시점에서 주변의 어른들은 비료 뿌리기보다 빨리 적과와 전지가 급하다고 걱정해 주셨지만, 수업에서 배운 대로 실천에 옮겼다.

수확이 다가오는 9월 말, 주변의 다른 농가와 비교했을 때 색과 당도에 있어선 큰 차이가 없었다. 당도도 13브릭스 정도 나오기에 일반적인 사과의 당도가 나오고 있으며, 색 또한 다른 농가에 비해 아쉬움은 없었다. 다만 크기가 다소 작은 게 문제였다. 나무 수세가 센 것이 여러모로 걱정되었던지라 여름 도장지가 많이 생겨나는 것을 대비해 적과를 많이 하지 않았기 때문이었다. 과다 착과가 차라리 좋지 않을까 싶은 생각도 있었고 1차 적과와 전지에 지쳐서 시기를 놓친 결과, 착과수가 꽤 많은 상황이 되어버렸다.

다른 농가에 비해 착과량이 다소 많고, 과실의 크기 또한 작지만, 걱정은 없었다. 현대 소비자들은 한 번에 남김없이 먹을 수 있는 소과를 선호한다는 사실 때문이었다. 주변의 지인들에게 소과 홍로를 선물했을 때 크기도 알맞고 맛이 좋다고 좋아해 주셨다. 이웃 농가의 어른들은 상품 가치가 없으니 빨리 따서 즙을 만들던지 처리해야 한다고 말씀하셨지만, 다행히 공판장에서는 상품 가치 없는 홍로를 직거래로 완판했고, 구매 소비자들께서 다들 맛있게 드셔주셔서 자신감 뿜뿜하게 되었다.

#희망적인 영농 정착-품앗이

평소 내성적인 성격인 내게 있어 관계성은 늘 어려운 과제였다. 또한 영농 정착에 있어 관계성으로 인해 정착 실패 사례를 수도 없이 접해왔던 내게 있어, 이는 반드시 해결하고 풀어야 할 고민 중의 하나였다. 그러나 좋은 지역, 좋은 멘토, 좋은 분들을 만나게 된 것이 참으로 감사하다. 그저 믿을 수 있는 건 큰 목소리밖에 없었지만, 그 큰 목소리는 어른들께 인사하기 좋은 장점이 되었고, 덕분에 주변의 어르신들께서 예쁘게 봐주셨다. 인사성으로 주변 어르신들의 환심을 사게 되었고, 이후 IT 기기가 친근한 내게 있어 스마트폰 사용은 너무나도 쉽지만, 70이 넘은 어른들에게 있어 매우 어려운 스마트폰 사용은 관계를 이어주는 오작교가 되어주었다. 도시에 나가 있는 자녀들과 손자의 소식만을 기다리며 살아가는 어르신들에게 스마트폰은 매우 좋지만, 결코 사용이 쉽지 않은 장벽이었다. 그런 분들에게 스마트폰을 사용하여 손자, 손녀들에게 영상 통화하거나 카카오톡을 통한 연락은 최고의 낙이었고, 그 낙을 가르쳐준 난 주변 어르신들의 사랑을 받으며 차츰차츰 정착할 수 있는 계기가 되었다.

단순한 스마트폰 사용법으로 시작된 관계는 홀로 사과 농사하는 내게 있어 어른들의 자문과 혹은 품앗이를 얻을 수 있는 좋은 기회가 되었다. 자금력이 너무나도 부족한 상황에서 인력을 사용하여 늦은 전정, 적화, 적과는 꿈꿀 수 없는 사치였다. 천상 죽이 되든 밥이 되든 나 홀로 운영해야 했지만, 나의 안타까운 작업 현장을 보신 주변 어르신들이 열 일 제쳐두고 도와주셨다. 내가 뒤늦은 전지를 하는 동안 어르신들은 적과를 해주셨다. 그분들 중 한 분은 다른 면에서 사과 농사를 지으시지만, 건강상의 문제로 인력을 쓰시는 분께서 본인 땅 대신 내 땅에서 함께 도와주셨다. 조경 수업에서 만난 지역 어른들께서도 시간 나는 대로 도와주시어 큰 힘이 되었다. 그렇게 많은 분의 도움으로 결혼도 하고 더디지만 한 걸음 한 걸음 정착해가고 있다.

#다시 처음부터

사과 수확을 마치고 중대한 선택의 갈림길에 서 있었다. 사과원을 갱신할 것인가? 혹은 다른 타 작물로 갈 것이냐? 사실 이에 대해 이미 정답은 정해져 있을지도 모른다. 작은 평수에서 강소농으로 성공하는 지름길은 고소득 작물 재배가 가능한 시설하우스다. 지금 같은 기후 위기의 시대, 외부환경을 제어하면서 안정적으로 농사를 지을 방법은 하우스밖에 없다. 무리하게 더 투자할지라도 현 상황에선 더 투자해서라도 고소득을 올릴 수만 있다면, 정해진 답은 시설하우스다.

부랴부랴 시설하우스 견적을 알아보고, 은행에 들러 가능대출액을 알아보았다. 대출가능액과 시설하우스 견적을 최대한 여러 곳에 문의해 보았다. 제한된 자본 안에서 최적의 조건을 끌어내기 위해 백방으로 뛰어다녔다. 먼저 농업인상담소에 가서 혹시나 시설하우스 보조사업이 있는지도 여쭤보았다. 현재 이 지역이 아열대과수에 관심이 많으니 선정될진 모르나 시도는 해봄이 좋을 듯하다는 결과를 얻었다. 그러고 곧바로 아열대과수 시범사업에 선정되기 위해 귀농하면서 취득하게 된 여러 자격증, 교육수료증, 그리고 사업계획서까지 첨부하여 서류를 제출해 보았다.

역시나 쉬운 게 없다. 아열대 작물시범 재배사업이라는 이름의 보조사업은 단 한 곳을 지원한다고 했다. 게다가 청년후계농 육성 사업의 대출자금을 매입한 토지는 근저당이 설정되어 시설 보조는 안 된다고 했다. 땅을 살 때부터 사과 농사도 힘들었지만 하우스 시공까지 쉽게 진행된 건 없었다. 그러면서 내게 생긴 것 하나가 있었다. 끈기와 지구력? 일명 버티기다. 포기하지 않고 방법을 찾아낸 결과 이동자산격인 시설은 보조가 가능하다라는 것이었다. 결국 설사 부도가 날지라도 농사를 포기하지 않는다면 보조받은 시설을 어디에든 설치해 다시 농사를 할 수 있기 때문일 것이다. 한고비 또 넘기어 하우스가 완공되었다.

하우스 짓는 동안 가만히 있을 수 없었다. 사과 농사를 접기로 한 후부터 나에게 맞는 작물을 찾기 위해 준비해 왔다. 아열대 작물 관련 수업도 듣고, 농사로 사이트와 동서남북 자료를 모조리 찾아 섭렵했다. 물론 아열대 재배 농가를 찾아 자문을 구해 다녀보았다. 마침 통영의 한 애플망고 농가 대표님과 연결이 되었고, 그분이 본인 땅에 식재하고자 준비한 묘목을 싸게 내놓으셨고, 그분의 묘목을 구매하게 되어 아열대 과수 재배 초석을 놓게 되었다.

모든 게 다 된 거 같지만 머릿속엔 물음표가 맴돈다. 그 이유가 뭐지 몇 날 며칠을 뒤척이며 고민해봤다. 그러다가 깨닫게 되었다. 나무가 크는 동안의 운영비다. 아뿔싸, 다른 대안은 없을까 고민하고 찾아다니었다. 그러다가 망고랑 잘 어울리기도 하며, 요즘 카페메뉴로 유명한 패션프루트(백향과)를 알게 되었다. 1년에 두 번 수확, 3년 차가 되면 성목이라 가장 많은 열매를 생산해내고, 무엇보다 식재 후 그해에 열매를 볼 수 있으니 당장 운영비 확보 차원에선 최고의 작물이라는 생각이 들어 곧바로 묘목을 사기 위해 알아보았고 감사하게도 멘토가 되어 재배 기술까지 알려주시는 귀한 분을 만나게 되었다. 패션프루트(백향과) 재배로 아열대과수 농가로 기초를 다지고 애플망고가 수확되는 2025년을 기반으로 청년후계농 정책 대출자금 이자와 원금 상환의 계획까지 탄탄하게 마련되었다.

#1인 기업가

누군가 이런 말을 했다. 창업의 끝판왕은 농업이다. 현 농업만큼 힘든 창업도 없을 것이다. 재배부터 마케팅, 홍보, 판매까지 일인다역을 수행해야 공판장 시세에 휘둘리지 않고, 내가 키운 자식 같은 농작물의 알맞은 가치로 판매할 수 있다. 요즘 라이브커머스 방송이 주목받고 있다고 한다. 또한 많은 소비자가 꾸며진 세트장, 전문 쇼호스트의 상품보단 허접한 농장주의 농장에서의 상품을 더 신뢰한다는 것이다. 급하게 부랴부랴 교육을 듣고, 라이브커머스 방송으로 1인 기업가로 서기 위해 발버둥 쳐 보았다. 크기가 작은 사과는 공판장에 가면 헐값이라 하기에 라이브커머스로 판매를 시작했고 감사하게도 꽤 팔렸다. 희망이 보였다. 이윽고 백향과도 수확될 때마다 어김없이 라이브커머스 판매를 하고 있다. 이제 방송 횟수도 점차 쌓이다 보니 지인 판매가 아닌 실 고객이 늘어남이 보이기 시작한다. 판로가 어려운 백향과, 직거래가 유리한 애플망고를 재배하면서 라이브커머스를 더욱 확대해 판로를 안정화해 보고자 한다.

#존버는 언제나 승리한다

소위 말하는 영끌, 어마어마한 자금을 투자, 빚내서 시작한 귀농생활, 빚만 생각하면 암울하다. 그러나 농업은 열심히 하는 자에게 열려있는 법, 지난 1년간 사과 농사가 내게 가르쳐준 중요한 귀농 교훈이 요즘 유행하는 말 '존버는 언제나 승리한다.'이다. 어찌 보면 첫 단추부터 꼬여서 힘든 귀농이었지만 포기하지 않고, 꿋꿋이 걸어왔기에 여기까지 오게 되었다. 포기하지 않고 열심히 살아온 것에 대한 보답일까? 하우스 보조를 받아서 아주 멋진 하우스를 시공했기에 요즘은 너무 기분 좋게 하루를 시작한다. 전날에 지친 몸을 이끌고, 집에 가면 곯아떨어지기 바쁘고, 아침에 너무 피곤해서 일어나는 게 힘들긴 하지만, 하우스를 보며 자라나는 작물들을 보며 힘을 낸다. 힘들지만 파이팅이다.

이제 나는 새로운 꿈을 꾼다. 이 지역의 특산물로 당당하게 내세울 수 있는 작물로 키워나가며, 나처럼 귀농을 꿈꾸는 자들에게 희망이 될 수 있기를 간절히 바라며 한 걸음 한 걸음 걷고 있다. 나는 존버다. 존버는 언제나 승리한다. 고로 나도 승리한다!!

조효명

중요한 건 꺾이지 않는 마음

사춘기 시절 미래에 대한 꿈과 목표를 끊임없이 고민하고 탐색하던 시기가 있었습니다. 오랜 고민과 깊은 생각 끝에 농사를 짓는 농부가 되기로 마음을 먹었습니다. 나에게 농부의 삶이란 내가 좋아하는 자연과 함께 내가 원하는 맛있는 작물들을 키우면서 보람과 행복을 느끼고, 돈도 벌 수 있는 나의 적성에 딱 맞는 일이라 생각했기 때문입니다.

그렇게 강원도 시골의 한 소년은 농부로서의 삶을 향해 나아가게 되었습니다. 지식과 실력을 겸비한 농부가 되기 위해 농대에 진학하였고, 졸업 후 장교로 군 복무를 하면서 전역 전 동기들이 취업을 준비할 때 홀로 농업 창업을 준비하였습니다. 동기들은 어떤 회사에 어떤 부서를 지원할지 고민할 때 저는 어떤 작물을 어느 지역에서 시작할지를 정말 치열하게 고민하고 또 고민했습니다.

전역을 앞두고 그 고민이 깊어지던 시기에 참여했던 마지막 훈련에서 정말 우연히도 살면서 처음 보는 놀라운 크기의 달팽이를 발견하였고, 그 일을 계기로 달팽이 사육에 관심이 생겨 공부하고 알아보기 시작했습니다. 그 결과 우리나라에도 상업적으로 달팽이를 사육하는 농장들이 있었고, 아쉬웠던 점은 품종이 국내 토종 달팽이가 아닌 아프리카왕달팽이라는 품종이라는 것이었습니다. 그러나 달팽이 사육을 할 수만 있다면 품종은 중요치 않았습니다. 대학 시절 곤충학을 전공했기 때문에 달팽이가 비록 곤충은 아니지만, 사육에 관한 관심과 이해도가 어느 정도 있었기에 달팽이는 나에게 운명처럼 찾아온 기회라고 생각했습니다.

그 이후 전역 전 휴가 때부터 천안, 이천, 양평 등 전국에 있는 달팽이 사육 농장을 돌아다니며 자료조사 및 시장조사를 하였고, 전역 후 곧바로 농장을 차리기 위한 준비를 해나갔습니다. 달팽이 사육 농장은 규모가 크지 않아도 수익이 발생할 수 있어 적은 투자 비용으로 시작할 수 있고, 사육환경도 까다롭지 않아서 판로만 잘 개척하면 되겠다는 생각이 컸습니다. 그리고 드디어 2016년 전역 후 두 곳의 다른 달팽이 농장을 더 방문한 후 달팽이 사육에 대한 마음을 굳혔습니다. 이후 여러 지자체의 귀농귀촌지원센터나 농업기술센터 등에 찾아가서 상담도 받고, 그 당시 활용할 수 있는 농업정책대출과 지원사업 등을 알아보면서 순탄히 준비돼가고 있는 것 같았습니다. 하지만 그러던 저에게 청천벽력 같은 소식이 전해졌습니다. 양재에 있는 aT센터에 귀농 관련 교육을 받으러 갔다가 그곳에서도 귀농귀촌 상담을 받게 되었는데 상담사로부터 식용으로 사육되는 아프리카 왕달팽이는 현재 국내에서 농작물로 인정이 되지 않는다는 내용이었습니다.

일각에서 농작물로 인정받기 위한 노력은 하고 있지만, 외래종으로서 생태계 교란 등의 위험이 있어 정식적인 농작물로 인정이 어렵다는 이야기였습니다. 그 순간 정말 하늘이 무너지는 느낌이었습니다. 그동안 준비해 온 시간과 노력이 모두 물거품이 되는 것 같았습니다. 사실 장교로 임관을 하여 군 생활을 하게 된 이유도 어린 시절 어머니께서 돌아가시면서 홀로 어렵게 두 자식을 키우시던 아버지의 고생을 덜어드리기 위해서였고, 하루빨리 돈을 벌어 집안의 생계도 도와야 하는 상황이었기 때문입니다. 당연히 집안에 땅과 자본이 있을 리 만무했고, 앞으로 어떻게 이 문제를 헤쳐 나가야 할지 막막하기만 했습니다.

농업 정책대출을 활용하여 땅과 하우스를 마련하고 농사를 지을 계획이었지만 달팽이가 농작물로 인정되지 않는다면 그런 모든 계획을 실행할 수 있는 조건 자체가 성립될 수 없었기 때문입니다. 이후 정말 많은 시간이 힘들고 괴로웠습니다. 분명 군 생활을 끝으로 나는 내가 가고 싶은 길을 걷겠다 다짐했는데…. 내 뜻이 아닌 길을 또 선택해야 하는 상황이 닥쳤고, 어쩔 수 없이 사회생활을 통해 기초를 더 다지는 시간을 가지자 자신을 위로하며 취업을 선택하였습니다.

그래도 결코 농부가 되겠다는 그 의지는 버리지 않은 채 농약 회사에 입사하여 식물병과 농약 등에 대해 배우고, 연구소에서 식품 가공 및 품질관리, 도로시설물 시공회사에서 현장 업무를 통한 시설물 시공 등에 대해 배우면서 향후 내가 농사를 지으면서 활용할 수 있는 기술과 지식을 쌓을 수 있는 회사를 선택하여 일하고 배웠습니다.

그러던 중 2019년 전국 4곳에 스마트팜 혁신밸리라는 곳이 생기고 교육생을 모집한다는 공고를 보게 되었습니다. 20개월의 장기 교육이었지만 이 교육을 통해 스마트팜과 재배 기술만 더 배우면 정말 농사를 도전해도 좋을 것 같다는 생각이 들었습니다. 그리고 과감히 회사를 그만두고 스마트팜 혁신밸리 교육에 지원하여 선정됐고, 20개월간 이론

교육, 현장실습, 경영 실습 등의 과정을 거쳐 2021년 교육을 수료하였습니다. 그 사이 청년 농업인을 위한 정책도 많이 바뀌고 성장했습니다. 2016년 군대를 전역할 당시만 해도 없었던 청년후계농이라는 제도가 생겼고, 3년 동안 바우처를 지급하며 청년 농업인의 농업 정착에 실질적인 도움을 주는 청년 농업인 영농정착지원금이라는 정말 소중한 사업도 생겼습니다.

스스로 준비가 됐다고 생각했고, 이제는 정말 나처럼 농업에 기반이 전혀 없는 청년도 농사를 지을 수 있는 시대가 왔다고 생각했습니다. 하지만 농업으로 진입하는 길에는 또 다른 현실의 벽들이 저를 가로막고 있었습니다. 한정된 자금으로 토지와 시설을 모두 확보하여 농사를 짓는 것, 담보 없이 농업 정책 자금을 활용한다는 것, 또는 여러 정책과 현실과의 괴리 등으로 농업에 진입하는 것 자체가 쉬운 일이 아니라는 것을 그동안 더 많은 시간을 노력하고 준비했음에도 다시 한번 느꼈습니다.

그리고 2022년 좀 더 현실적인 방안으로 농지은행을 통한 800여 평의 노지와 수소문 끝에 찾게 된 500여 평의 온실을 임대하여 최소의 자본으로 드디어 나만의 농사를 시작하게 되었습니다. 기쁜 마음으로 열심히 준비하여 농사를 시작했지만, 농지은행에서 임대한 토지는 논이었던 토지에 흙을 부어 만든 밭으로 돌도 너무 많았고, 장마철엔 무릎까지 푹푹 빠질 정도로 물이 고여 작물이 제대로 자라기 힘들었습니다. 심지어 임대한 온실은 20년이 훌쩍 넘은 낡은 온실에다 몇 년간 방치되어 있었던 곳이어서 그 어느 하나라도 사람의 손길이 필요하지 않은 곳이 없었고, 그동안 배워왔던 환경제어를 통한 작물 재배는 당연히 할 수 있는 여건이 되지 못했습니다.

이런저런 핑계를 대는 것이 너무도 싫지만 결국 그해에는 농사에 실패했습니다. 다행히 손해는 보지 않았다지만 그동안 들인 시간과 노력은 그 어느 곳에서도 보상받을 수 없었습니다. 그 무엇을 원망할 것도 아니고 누군가를 탓한다고 해결될 문제도 아니었기에 무엇이 문제인지, 문제가 있다면 어디서부터 어떻게 해결해 나갈 것인지 지난 시간을 복기하고 새로운 계획을 세우는 시간을 가졌습니다. 농지은행에서 임대한 밭은 주인께 사정을 말씀드렸고, 다행히 더 높게 성토를 해주신 덕분에 다음 농사를 위한 준비를 할 수 있었고, 온실은 임대계약을 과감히 해지했습니다. 그리고 가장 중요한 한 가지 더 이상 임대가 아닌 나의 땅에서 내가 원하는 농사를 짓자고 다짐했습니다. 그래야 내가 더 빠르게 성장할 수 있고, 더 빠르게 발전할 수 있을 거라는 생각에서였습니다.

그렇게 지난 시간을 정리하고 다음 농사를 계획하면서 2023년 청년후계농에 지원하여 선정되었고, 지금은 청년후계농 육성자금을 통해 토지를 매입하여 농사를 짓고 있습니다. 아직은 노지에서 꽃과 옥수수 농사를 하면서 스마트팜 딸기 온실을 구축하기 위한 준비를 하고 있지만 그래도 내 땅이 생기고 내가 하고 싶은 농사를 지을 수 있다는 것이 얼마나 행복하고 감사한 일인지를 새삼 느끼면서 농사에 열중하고 있습니다. 그뿐만 아니라 지자체에서 진행하는 청년 농업인 영농창업 기반 조성 사업에 선정되어 그동안 노지 농사를 하면서 가장 어려운 부분이었던 관수 문제를 해결하기 위한 지하수 관정과 농지 평탄화 등의 농사의 기본적인 기반도 구축할 수 있었습니다.

앞으로 내가 하고자 하는 농업인 스마트팜 농업과 많은 사람이 농업을 보고 느끼고 즐길 수 있는 체험농장 조성을 이루기 위해서는 가야 할 길이 멀지만 포기하지 않고 목표를 향해 나아가려 합니다. 현재의 모습은 비록 미미하고 초라할지라도 차근차근 준비하고 실행한다면 내가 그리던 농장의 모습을 이룰 그 날이 분명히 올 것이라 확신합니다. 대학 시절부터 10년이 넘는 시간을 농사만 생각하며 준비해 왔고, 군 전역 후 바로 농업에 뛰어들고자 했던 게 벌써 7년이란 시간이 지났습니다. 시작하기조차 너무 어려워 돌고 돌아 지금 이 자리에 왔습니다. "중꺾마" 요즘 젊은 친구들 사이에서 자주 쓰이는 말로 "중요한 건 꺾이지 않는 마음"이란 뜻의 줄임말입니다. 긴 시간을 돌아오면서 안정적인 직장에서 편안한 삶을 선택할 수도 있었고, 수많은 현실의 벽에 막혀 농부라는 직업을 갖는다는 것을 포기하고 싶을 때도 많았습니다.

하지만 벽에 막혀 멈추고 싶지 않았고, 절대 포기하지 않았습니다. 항상 새로운 것을 배우고자 노력했고, 도전했고, 결국 농사하고자 했던 그 마음이 꺾이지 않고 이렇게 어렵게 농업에 발을 내디뎠습니다. 지금까지 그 누구도 이해하지 못할 시련과 비참함, 슬픔과 좌절 등을 모두 견디고 이제는 당당한 청년 농업인이 되었습니다. 아직도 7년 전 농사를 포기하고 취업을 위해 대전으로 내려가야 했던 전날 밤의 기억이 또렷합니다. 단칸방에 당시 대학생인 여동생과 아버지, 나까지 셋이 나란히 누워 잠을 청하던 그날 밤, 말로 표현하지 못할 복잡한 감정과 속상함에 잠이 오지 않아 화장실로 들어가 몰래 소리 죽여 펑펑 눈물을 흘렸던 그날 밤을 말입니다.

지금껏 어디에도, 그 누구에게도 꺼내놓고 싶지 않았던 이야기지만 이 기회를 통해 그날의 나에게 따뜻한 위로와 격려를 해주고 싶습니다. 그리고 다시 한번 다짐합니다. 나는 꼭 성공할 것이다. 나는 꼭 성공한 청년 농업인이 될 것이다. 앞으로의 내가 가고자 하는 길에도 수많은 장애물과 벽들이 가로막고 있겠지만 그 어떤 것도 굳건한 의지로 헤쳐 나가고자 합니다. 멋진 성공을 통해 나처럼 아무것도 없는 사람도 농사를 시작할 수 있고, 농사로 성공할 수 있다는 것을 증명하고, 보여주고 싶습니다. 그리고 농사를 준비하는 예비 농업인들에게 희망이 되고 싶습니다. 그러기 위해 오늘도 나는 나의 길을 묵묵히 나아갑니다. 비록 그 길이 험난하고 두려울지라도 뜻이 있는 곳에 길이 있다고 믿고 꾸준히 바르게 나아가겠습니다. 그동안의 실패와 좌절들을 발판 삼아 오늘도 농사에 도전합니다.

한여름

뜨거운 나날

임보람

농부를 사랑한 첼리스트

농부랑 결혼하라고요?
-첼리스트와 농부, 첫눈에 반하다

나는 독일음대에서 첼로를 전공하며 음악가를 꿈꾸던 자유로운 영혼의 음대생이었다. 그러나 가정 형편이 어려워지면서 학업을 중도에 그만두고 귀국해야 했고 그때부터 끝을 알 수 없는 기나긴 방황의 시간을 가지게 되었다. 음악에 대한 미련을 모두 접고 아예 타 전공으로 대학을 졸업한 후 인턴 경험을 거치며 취업의 길을 모색했지만 내 길이 아니란 생각이 들었다. 복잡한 도시에서의 삶이 답답하게 느껴졌고 직장인으로서는 더더욱 못 살 것 같았다.

부모님 댁인 충남 태안에 돌아오고 나서야 나는 인생의 전환점을 맞

게 되었다. 당시 서리태 농사를 시작하신 엄마께서는 농업기술센터의 교육을 열심히 들고 계셨는데 내게 농업에 비전이 있다고 말씀하셨다. 그리고 내가 장차 '농사짓는 남자'와 결혼하면 좋겠다고 하셨다. 농업이 잘만 하면 경영이 되고, 기업이 된다는 거였다. 젊은 농업인 부부가 되어 둘이 함께 잘 기업을 일구어 나가면 좋겠다고 영농교육을 들으라고 하셨다. 그때만 해도 흘려들었다. 농사짓는 남자와 결혼이라니, 시골에서 자랐지만, 농사지어본 적은 없었다. 악기 한다고 손 다칠까 봐 칼로 과일도 몇 번 안 깎아보고 자랐다. 내가 농부가 되어 농사를 짓는다고?

생각도 못 해본 일이었다. 내가 생각하는 농사라는 단어는 그렇게 아름다운 핑크빛 단어가 아니었다.

하지만 엄마께서는 나를 농업기술센터에 데리고 가서 그 자리에서 4-H 가입을 시키셨다. 그리고 벚꽃이 흩날리던 계절, 나는 충남농업기술원에서 열리던 4-H 대학 영농교육 프로그램에 참여하게 되었다. 엄마에게 떠밀려 가면서도 젊은 농업인들이 모이는 자리라 괜히 예쁜 옷을 주섬주섬 챙겨 나가던 그날의 내가 떠오른다. 웬걸, 그날 저녁 나는 바로 그 자리에서 정말 내 운명의 사람을 만났다. 그것도 서로 첫눈에 반해버렸다. 그는 나보다 3살이나 어린 젊은 후계 농업인이었다. 한국농수산대학 버섯학과를 졸업한 후 20년 버섯농사 경력의 아버지와 일하던 그는 잘생기기까지 했다. 소위 '농사계의 엘리트'를 만난 기분이었다.

강력한 콩깍지 덕분에 단순하게도 그를 보자 처음으로 농사를 바라보는 내 시각이 확 달라져 버렸다. 여러 길을 걷다가 농사라는 길만을 걸어온 그를 바라보는 내 눈에서는 말 그대로 하트가 발사되는 느낌이었고, 한편 내가 걸어온 이야기를 들은 그는 오히려 나를 존경의 눈빛으로 바라보았다. 내가 첼로를 계속했으면 좋겠다고 응원하며 급기야 예술대학원까지 입학해 공부하게 해주었다. 우리는 만난 날로부터 딱 1년 만에 결혼식을 올리는 쾌거를 안았다.

그래, 농사 멋지게 한번 지어보자!
– 사랑스러운 며느리로 등극!

당시 부모님과 신랑이 함께 운영하던 농장은 생산하는 버섯 전 물량이 도매로 판매되고 있었다. 경영학을 공부하면서 유통 관리사와 텔레마케팅 관리사 자격증을 가지고 있던 나는 생산보다 마케팅에 관심이 많았다. 신랑과 부모님은 생산 전문가였으니 나는 말 그대로 마케팅팀장이 되기로 했다. 생산량 중 상당 부분을 직거래로 판매하는 것이 목적이었다. 우리 농장은 신도시 근교에 위치하여 있었기에 먼저 지역 온라인 카페를 이용해 홍보했다. 신도시 특성상 젊은 층의 고객이 많아 대량 구매보다는 소량 구매를 더 선호하였다. 기존에 사용하던 구식 디자인의 상자 대신 귀엽고 젊은 느낌의 새로운 상자를 제작했다. 상자 제작 같은 경우 지자체 지원 사업을 통해 상당 부분 지원을 받아서 비용 부담을 덜고 진행할 수 있었다.

초기 단골손님을 모을 요량으로 초기 몇 년간 배달비를 일절 받지 않고 무료로 배달을 해주었다. 사실 배달료를 받지 않고 판매를 하게 되니 택배로 보내는 것보다 시간과 유류비 면에서 당장 손해를 보는 것은 사실이었다. 그러나 초기에 충성고객을 많이 확보하는 데 큰 도움이 되었다. 배달받은 고객의 추가 구매(가족, 지인 선물용 전국 택배 주문)로 이어져 고객층의 확장이 되었다.

신혼 초 야식을 자주 시켜 먹었던 우리는 치킨집에서 주로 활용되는 '쿠폰 증정' 이벤트를 우리 농장에서도 해보기로 했다. 2만 원 이상 구매 시 1장을 증정하고 10장을 모아 반환하면 농장에서 자라는 각종 농산물(밤, 애호박, 매실) 또는 건표고, 표고버섯 분말 등을 증정하였으며 소비자로부터 만족도가 높았다. 또 연애 때부터 운영해온 농장 일상 블로그를 통해 많은 이웃들을 확보하고 체험단을 모집하였다. 그들의 체험 리뷰를 통해 자연스레 농장의 홍보가 되도록 했다.

내가 온라인 판매에 뛰어들 당시 이미 표고버섯 농장이 전국 각지에 존재했고 버섯의 온라인 판매가 활발하게 이루어지고 있었다. 우리 농장 버섯만의 특장점을 알리지 않으면 소비자로서는(당장 나부터라도) 가격이 특별히 저렴하지 않은 경우에야 굳이 우리 것을 고집하지 않을 것을 알고 있었다. 그렇다고 가격을 내리면 도매시장에 납품하는 것이 훨씬 인력 비용과 시간비용에서 낫다는 계산이었기 때문에 그럴 순 없었다.

나는 3가지를 크게 어필하기로 했다. 물 좋기로 유명한 덕산온천 지역에서 깊이 끌어올린 지하 암반수를 쓴다는 점, 중국산 배지 아닌 100% 국산 참나무 톱밥으로 직접 배지 생산, 종균 접종을 하여 버섯을 수확한다는 점, 2대째 표고버섯 전문가 가족이 직접 생산 및 판매한다는 점 등 우리 농장이 가진 장점을 강하게 어필하였다. 그리고 결코 헐값에는 판매하지 않기로 했다. 마트보다 분명히 저렴한 가격임에도 때때로 어떤 이들은 가격에 불만을 느끼기도 했지만 흔들리지 않았다. 안전하고 자신 있게 생산한 귀한 농산물의 값어치를 자진해서 떨어트리기 싫었다. 차별화된 점을 알려 소비자들이 똑똑하게 구매하실 수 있도록 계속해서 노력했다. 좋은 재료로 안전하게 생산한 안전한 표고버섯을 알리려는 우리의 진정성은 통했다. 신혼 초 농장의 직거래 판매 비율이 제로였다면, 결혼 후 1년이 채 지나지 않아서 직거래 판매량 30%, 도매량 70%로 끌어올릴 수 있었고 사실상 버섯 농장 20년 만에 직거래의 물꼬를 처음 튼 사랑스러운 며느리가 될 수 있었다.

꾸준한 기록과 소통 채널
-다둥이 가족의 일기는 우리만의 색깔이 되고

농사에 뛰어드는 청년 후배들께 블로그나 유튜브 등 소비자와 통할 수 있는 채널을 꼭 가지시길 추천한다. 우리는 신혼 초부터 블로그를 계속해서 운영해오며 소소한 이야기라도 꾸준히 작성해 왔다. 우리의 이야기를 들려주는 채널을 계속해 운영해왔기에 어느 날 착한 표고버섯 농부로서 유명 셰프인 강레오, 이연복 셰프와 함께 '유쾌한 삼촌'이라는 채널 A TV 프로그램에 출연하게 되었고 믿을 수 있는 농산물만을 구매하기를 원하는 수많은 고정, 단골 고객층을 확보하게 되었다.

한때 유명한 첼리스트를 꿈꾸던 나는 농부의 아내가 되었지만, 여전히 첼로를 잡는다. 버섯 하우스 옆에서, 들깨밭 앞에서, 매실나무 옆에서 첼로를 켠다. 이것을 우리는 영상으로 꾸준히 담아왔고 그 자료들이 계속해서 쌓여 어느덧 우리만의 차별화된 색깔을 갖게 해주었다. 소통

채널 없이 우리 가족끼리만 농사를 지어왔다면 이룰 수 없는 일들이다.

농사를 말 그대로 생산과 판매에만 그치는 일로 본다면 몸은 몸대로 축 나고 한마디로 '돈이 안 되는' 어려운 상황이 벌어진다. 그로 인해 많은 이들이 농업에서 손을 떼게 되기도 한다. 우리가 가지고 있는 농업의 잠재력을 최대한 끌어올려 부가가치를 창출해내야 할 때다. 우리가 소비자를 찾아가는 것이 아니라, 소비자가 우리 농산물을 찾도록 해야 한다. 시골은 무한한 기회의 땅이다. 우리에게는 일터일 뿐인 곳도 도시민들이 본다면 아름다운 자연 그 자체이며 먹거리의 근원이 되는 멋진 장소다. 우리의 땅을 농사짓고 수확하는 단순한 공간에 그치게 두지 않고 또 다른 가치를 창출할 때 우리 땅의 잠재력이 최대로 발휘된다.

도심의 거리를 걷다 보면 단 1평짜리 공간도 어떻게 해서든 활용해 가치를 창출하고자 하는 모습을 본다. 우리 농업인들은 그에 비하면 훨씬 더 여유 있는 공간을 다양하게 활용할 수 있는 기회를 가진 셈이다. 황금 같은 잠재력을 가진 땅에서 단순 노동과 생산력만으로 승부를 보기에는 청년 농업인들의 찬란한 젊음이 너무나 아깝다. 농업인들에게 기술센터, 기술원, 농업교육포털 등을 통해 수많은 농업 교육의 기회들이 주어진다. 젊은 우리는 그 기회들을 통해 반짝반짝 빛나는 아이디어를 더욱 구체화하고 전문가들의 도움을 받아 실행에 옮겨야 한다. 우리에게 주어지는 넘치는 교육정보를 활용해야 한다. 그것은 이 땅을 일구는 우리 청년 농업인들이 당연하게도 누려야 하는 권리다. 매년 새로워지는 최신 농업의 트렌드를 읽어나가고 적용하는 것이 중요함은 아무리 말해도 그르지 않다고 생각된다.

우리는 소위 '애국자 가정'이다. 결혼 8년 차지만 벌써 1학년 첫째부터 18개월 된 막둥이까지 네 명의 아이들을 키우고 있다. 아이들의 떠들썩한 소리로 하루도 조용할 날이 없는데, 어떤 놀이터보다도 아이들에게 농장이 놀이터 그 자체인 것을 본다. 자라나는 아이들은 모든 것이 새롭고 신기하다. 농장은 얼마든지 훌륭한 놀이터가 될 수 있다. 부모님과 아이들이 함께 하는 수박따기, 버섯 따기, 매실 따고 밤 주워 쪄먹는 소소한 일상도 누군가는 꼭 한 번쯤 경험하고픈, 시골이 주는 보너스다.

과거로 돌아간다면 나는 위와 같은 일상을 신혼 초부터 더욱더 부지런히 유튜브로 우리 가족의 영농일기를 기록할 것이다. 단골손님, 심지어 '팬층'이 확보되면 농장에서 생산한 농산물의 직거래는 자연스레 성공으로 이어진다. 우리 농장에 호감을 느끼는 이들이 많아지면 많아질수록 우리 농산물에 대한 신뢰도 자라나기 마련이다. 무농약 인증과 같은 인증은 이미 기본이 되어버린 지금, '우리 눈으로 보이는 인증' 또한 중요하다고 생각한다. 우리 농산물이 안전하게 생산되는 과정을 농부 가족의 소소하지만 즐거운 일상을 통해 보여준다면 소비자들에게 그보다 와 닿는 인증이 어디 있을까 싶다.

농장이 아닌, 쉼이 있는 힐링 농원으로!
- 우리가 꿈꾸는 농원

생산과 판매에 전념해오신 부모님과 달리 우리 부부는 포부가 좀 큰 편인데 농업인임과 동시에 말 그대로 모두가 함께 즐거울 수 있는 '농원'을 운영하려 한다. 도시민들은 주말에 갈 곳을 찾는다. 여가와 레저를 위해 캠핑카에 투자하고 아이들을 위해 함께 시간을 보낼 수 있는 장소를 물색한다. 나는 그들의 발길이 닿는 곳이 되도록 농원을 꾸려가려 한다. 모두가 즐길 수 있는 곳, 생산자와 소비자가 한데 어우러져 행복한 곳. 단지 생산된 농산물을 구매하러 오는 것이 아니라 시간 내어 놀러 가고 싶은 장소가 되길 바란다. 아이들은 흙과 풀을 밟고 지렁이와 잠자리를 잡으며 까르르 웃고 어른들은 탁 트인 자연 환경 속에서 캠핑과 음악 콘서트를 즐기며 아이들에게 먹일 수 있는 믿을 수 있는 건강한 먹거리를 구매한다. 이 그림 같은 풍경이 바로 우리가 꿈꾸는 농원이다.

우리의 땅을 도시민과 가족들이 찾아오는 장소, 농산물 구매와 시간적 소비가 동시에 이루어질 수 있는 힐링 농원으로 꾸려나갈 것이다. 청년 농업인이라면 비록 현재 가진 것은 많지 않지만, 무엇과도 바꿀 수 없는 젊음과 열정이 있다고 생각한다. 우리는 젊다. 젊으므로 꿈을 꾸고, 젊으므로 도전한다. 젊은 날 우리의 노력은 훗날의 달콤한 열매로 귀결될 것이다.

이예니

청년 농업인 부부의 시골에서 먹고 사는 이야기

1. 농업인이 되기 전 하던 일, 영농 종사 계기

안녕하세요. 전남 화순에서 대추방울토마토와 복숭아 농업을 하는 이예니라고 합니다. 농업인으로 사는 삶을 산 건 아직 1년도 채 되지 않은 농린이 입니다. 처음 농업인이 되기 전에는 직장생활 8~9년 정도 하였습니다. 직장에서 주로 하던 업무는 사무직 업무를 주로 하였고, 회계 업무와 발주 업무 등을 하였습니다. 잘 다니던 직장을 그만두고 농업인을 택한 이유는 현재 남편을 만나면서 농부라는 직업을 듣고 신기하고 멋진 직업이라는 생각을 했기 때문입니다. 직장을 다니면서도 주말에는 남편이 일하는 곳으로 가서 같이 토마토를 키우고 꽃약도 쏴보고 양액도 타보고 수확도 해보고 너무 멋진 경험을 했습니다. 큰 하우스에 토마토가 자라나는 걸 보면서 너무 뿌듯하고 신기하기도 했던 기억이 있습니다. 이 많은 토마토는 어디로 나가는지 물어보니 공판장으로 나간다고 해서 인터넷 판매를 해보는 건 어떻겠냐 물어보니 할 수 있으면 해보고 싶다는 남편 말에 3개월 정도 회사에 다니면서 인터넷 판매, 유통 관련하여 공부했습니다. 준비가 끝나고 퇴사를 하고 미리 만들어 두었던 네이버스토어를 활용하여 먼저 지인 판매를 공략했습니다. 아무래도 스토어팜으로는 판매량이 늘지 않았기에 거래처도 뚫고, 농산물 관련 홈페이지에 입점도 하며 조금씩 키워갔습니다.

그러면서 자연스럽게 토마토 하우스에 가서 일도 하고 디테일하게는 아니지만, 기본지식이 조금씩 쌓이고 목표도 생기고 책임감도 생겼습니다. 그렇게 인터넷 판매 2년 차에 청년 창업농 사업에 지원하게 되어 올해 선정되었습니다. 남편이 하고 있던 토마토를 조금 더 늘리고 싶다는 생각도 있었고 되든 안 되든 한번 지원해보자 했던 사업이었는데 감사하게도 선정되어 올해 하우스 1,400평을 더 늘리게 되었습니다. 그러면서 본격적으로 하우스 관리는 제가 도맡아서 하게 되면서 올해부터 첫 농업인으로써의 삶을 살고 있습니다.

2. 영농과정의 좋았던 일, 어려웠던 일, 극복까지의 과정

농업인이라면 아무래도 비수기 때 한가한 게 가장 최상이지 않나 생각이 듭니다. 물론 한 번에 왕창 벌어서 그 돈을 계획 있게 사용해야 하는 단점이 있지만, 회사생활과 달리 조금 자유롭게 시간 관리를 할 수 있다는 점이 가장 좋습니다. 또 우리 지역의 경우엔 4-H 활성화가 잘되어있어 같은 종사자분들과 친하게도 지내며 교류도 많이 하고 정보도 많이 얻고 여러 체험을 무료로 받아 볼 수도 있는 부분이 좋습니다. 작년 겨울에는 운이 좋게 군수님, 의원님들과 함께 일본 연수를 다녀왔는데 적은 자부담으로 5박 6일 동안 농산물에 대한 좋은 체험을 할 수 있는 기회를 얻을 수 있었던 것도 무척 좋은 경험이었습니다. 농업인들에게 많은 지원을 주어 폭넓게 경험하고 공부할 수 있어서 좋습니다.

어려웠던 일 중에는 처음 인터넷 판매할 때 '어떻게 다른 사람들에게 내 농산물을 알리지?'가 가장 힘들었습니다. 관련된 업종에서 일한 것도 아니었고, 경험을 해본 것도 아니었고 유튜브와 인터넷 검색, 서적을 통해서만 접해야 했기 때문에 너무 어려웠습니다. 투자 대비 손실이 더 컸고 더는 투자하기 겁이 나서 혼자 끙끙 싸매며 몇 날 며칠을 공부하고 또 공부해야 했을 때가 가장 힘들었습니다.

막상 알려지고 단골이 생기고 이후에 문제는 특수한 계절에 택배가 어려워 A/S 해결하는 문제였습니다. 컴플레인으로 인한 스트레스 때문인지 전화벨 소리만 들어도 심장이 벌렁거렸습니다. 또, 물량은 쏟아지는데 한창 코로나 시기에 일하는 외국인들이 도망가기 시작했고 각 농가에서는 외국인 전쟁을 치렀고, 온종일 토마토를 따도 미처 다 따지 못해 터지고 곪고 상품성이 하나도 없는 토마토를 키우고 있는 나를 보며 매우 힘든 시기를 보냈던 기억도 있습니다. 아직 농린이라 하우스 옆 남는 땅에 고구마를 심고 열심히 키우고 봤더니 온실 가루가 하우스를 덮쳐 작기가 끝나려면 아직 멀었는데 병이 다 와서 철거했던 기억도 있습니다. 그 일을 계기로 하우스 옆에는 절대 고구마는 심지 않게 되었네요. 또, 토마토 구토 사건 아실지 모르겠네요. 한창 TV와 인터넷을 뜨겁게 달궜는데 YT 올스타라는 종에서만 특이하게 토마토를 먹으면 구토가 발생하는 현상이 생겨 한창 대추방울토마토 시장이 무너져 내렸던 사건이 있었습니다. 이때는 정말 주문이 2주 동안 1건도 들어오지 않았습니다. 공판장에서도 물건을 소비를 못 해 몇 톤이 그대로 쌓여있다고까지 듣게 되었어요. 이 시기에는 토마토 물량은 막 쏟아져나오는데 제값을 못 받으니 너무 힘든 시간을 보냈습니다. 아무튼 짧지만 강력하게 농업인으로 살면서 가장 힘들었던 기억들입니다.

인터넷 판매를 조금 더 수월하게 극복하게 된 계기는 어느 분의 글을 읽고 나서 생각이 달라졌기 때문입니다. 요새는 산지 직송이라는 말에 소비자들이 열광합니다. 예전처럼 중개인을 끼고 물건을 사지 않고 바로 농업인과 소비자로 거래하기를 원하는 시대입니다. 그런데 사람들이 가장 많이 하는 말이 산지 직송인데 "마트보다 비싸" 이 말을 가장 많이 들었던 거 같습니다. 저도 처음에는 가격을 책정할 때 마트보단 저렴해야 한다는 생각을 가졌는데 택배비에 인건비, 포장비 등 다 떼고 가격을 산출하는 게 쉽지는 않았습니다. 요새 약값도 치솟고, 자잿값도 치솟고 원물값만 그대로이기 때문에요. 그런데 이분이 이런 말을 했습니다. "당연히 산지 직송이 더 비싸죠. 농업인은 인건비로 먹고사는 사람들인데 혼자 원물 키워, 택배 작업, 마케팅, 컴플레인 등 이걸 다하는데 그만큼 조금 더 비싸지는 게 아니겠냐고 사람 썼으면 더 비쌌을 거라고." 이 말이 그렇게 공감이 많이 되었어요. 중개인을 통해 판매하는 곳보단 혼자서 모든 걸 하므로 저렴하단 걸 꼭 사람들이 알아줬으면 해서 이렇게 문의하시는 분들께는 충분한 설명을 하면서 더욱 판매했습니다.

코로나로 인하여 외국인이 없었을 땐, 정말 남편하고 둘이서 온종일 토마토하우스에서 살다시피 했습니다. 눈물을 머금고 이렇게 일하는 사람들의 소중함을 다시 한번 느꼈습니다. 토마토 구토 사건은 다행히 시간이 해결해 주어 한 달 정도 지나니 토마토는 제값을 받게 되었고 정부에서도 TV에 다른 토마토 종은 문제가 없다는 기사를 내주고 여러모로 잘 해결이 되었습니다. 그 외에도 다행히도 시부모님께서 농사를 짓던 분들이셔서 많은 도움을 받았습니다. 화순에는 농업인들에게 좋은 프로그램도 많아 교육도 듣고 참고도 하면서 극복해 나갔습니다.

3. 나에게 도움이 된 정보 또는 사업(후배에게 도움이 될 정보)

솔직히 남편이 청년 창업농에 선발되었을 때는 돈 외에는 도움이 많이 되지 않는다고 생각했습니다. 그러나 올해 제가 선정되고 청년 창업농 카페뿐만 아니라, 다른 도움 되는 지원사업이 많은 줄 처음 알았습니다. 최근에 저는 화순군 기술센터에서 지원하는 라이브커머스를 진행하였습니다. 첫 라이브 방송이라 떨렸지만, 기술센터에서 지원을 아낌없이 해주셔서 장소부터 장비, 소품, 쇼호스트분까지 모두 지원받아 무사히 1시간 방송을 마칠 수 있었습니다. 그 시간대 농산물 매출 1위, 준비한 농산물 매진의 쾌거를 이뤘습니다. 저뿐만 아니라 농업을 시작한 농업인부터 농업의 고수님들까지도 마케팅에 관심이 많으실 건데 청년 창업농 선발자들에게 개별로 라이브커머스 교육 안내 등 문자로 세세하게 알려주는 부분도 너무 좋았습니다. 그리고 기술센터에서 운영하는 농업인학교에서도 사업에 대해 상세하게 알려줘 필요한 사업을 신청할 수 있도록 해주는 부분도 너무 좋았습니다. 저 같은 경우에는 청년 창업농 카페를 하루에 1번 이상은 들어가서 지원사업부터 내가 참고해야 할 글을 확인하곤 합니다. 꼭 각 시, 군청 홈페이지도 주에 1번은 들어가서 어떤 사업이 있는지 확인하는 것을 추천해 드립니다. 가장 중요한 것은 기술센터와 친해져야 합니다. 모르는 것을 물어볼 때도 꼭 기술센터에 도움을 요청하곤 합니다. 주변에 잘 아시는 분이 계시면 좋지만 그렇지 못할 땐 기술센터 직원들이 발 벗고 나서서 잘 알려줍니다.

국비도 잘 활용하면 농업에 필요한 공부를 무료로 할 수 있습니다. 저는 인터넷 판매도 같이해서 마케팅 쪽을 직접 경험하고 배우고 싶어 국비로 6개월간 교육을 받아 무사히 졸업하였습니다. 6개월 동안 농업에는 필요 없지만, 혹시 모르니 관련 자격증도 3개나 취득하고 나왔습니다. 하고자 하는 일이 있으면 주저하지 말고 꼭 찾아보고 지원받을 수 있는 부분은 지원받아서 하세요. 농업을 하면서 정말 큰돈이 많이 들어가서 이렇게 작은 거 하나하나 지원받아 조금씩 아끼고 있습니다.

4. 과거로 돌아간다면…. 이렇게 준비하겠다

과거로 돌아간다면, 좀 더 체계적으로 작기가 엎어지지 않게 철저한

준비를 할 거 같습니다. 농업인들은 병 하나만 잘못 와도 그 해는 적자로 이어지는 큰 사고가 납니다. 올해 7월 중 비 오지 않은 날이 5일 정도밖에 안 됩니다. 저는 토마토 외에도 복숭아를 하고 있는데 토마토보다 복숭아를 더 크게 하고 있습니다. 날씨가 좋지 못해 올해 복숭아 농사는 망한 거나 다름이 없습니다. 재작년에 남편 앞으로 청창농을 받았는데 그걸로 복숭아 시설 하우스를 설치했습니다. 묘목은 3년 이상이 되어야 수확을 할 수 있어서 아직 한 번도 수확하지 못했습니다. 그리곤 모두 노지로 관리하고 있습니다. 현재 2년 연속 날씨 때문에 복숭아가 실패했는데 계속해서 기후가 이렇게 가면 노지 복숭아는 힘들 거 같습니다. 만약 과거로 돌아간다면 노지 복숭아보다는 미리 시설 복숭아로 차차 시작하지 않았을까 하는 생각이 듭니다. 현재 자잿값도 많이 올라 하우스 시설하기가 쉽지는 않습니다. 그래서 일찍 나오는 복숭아를 심는 것이 경쟁성 있다고 생각합니다. 과거로 돌아가 시설 하우스가 금액 부담이 있다면 중생종보다는 조생종으로 다시 시작하고 싶습니다. 현재 7~8년 된 나무들이 대부분이라 리스크를 감안하고 바꾸기도 힘들어서 후회가 조금 듭니다. 이런 후회를 하지 않으시려면 정말 시장조사 잘해야 하고 현재 소비자가 많이 찾는 종은 무슨 종인지, 만약 온라인판매를 하게 되면 어떤 게 택배 리스크가 적은 종인지 등등 꼭 니즈를 잘 파악하고 도전하시길 바랍니다. 이건 경험에서 정말 우러나와서 말해드리고 싶습니다.

5. 청년 농업인으로 이루고 싶은 나의 목표

제 주변에는 친구들 모두가 청년 농부들입니다. 다들 다른 농산물을 키우고 있습니다. 인터넷 판매를 시작하며 조금 더 키워서 내 주변인들 농산물도 함께 판매하고 싶다는 생각을 많이 했습니다. 자연스럽게 유통 쪽에도 관심이 커졌습니다. 친구들끼리 모이면 늘 우리 나중에는 농업법인을 하나 세워서 함께 일하자고 늘 말하곤 했습니다. 아무래도 지금까지는 1차 생산에서 그치는 경우가 많기도 하고, 부모님이 일궈두었던 것들을 물려받는 친구들이 대부분이다 보니 그대로 경영하는 지인들이 대부분입니다.

그래서 제안한 사업이 퓌레 사업이었고, 다들 가지고 있는 농산물들이 다르기도 하고, 원물이 보장되어있기 때문에 원물 걱정은 없다는 생각이 들었습니다. 제가 사는 지역에 퓌레 시범단지를 만들어 저희가 가지고 있는 농산물 외에도 화순군에서 재배되고 있는 농산물들을 이용하여 퓌레를 만들어 판매하면 지역발전도 되고, 일자리 창출 등 많은 문제가 해결되지 않을까 생각하여 현재 목표는 퓌레 공장을 만드는 게 목표입니다.

퓌레 공장을 만들면서 건강즙 등 품목을 조금씩 키워나갈 생각도 있고, 홈페이지를 개설하여 원물인 농산물도 함께 판매할 생각 하고 있습니다. 또한, 청년 창업농에 선발되어 다양한 컨설팅도 받을 수 있어서 현재, 퓌레 사업을 컨설팅받으면서 준비 중입니다. 생각은 어렵지 않습니다. 생각했던 걸 실행에 옮기는 게 무척 어렵습니다. 늘 똑같은 농업이 아닌 새로운 농업을 시도해 보고 싶어 꿈꾸던 걸 이번에 조금씩 실천하고 있습니다.

조치형

21살에 창업, 6차 산업을 이끌어 나갈 농업법인 대표와의 인터뷰

<인사>

사회자

안녕하세요! 먼저 저희 인터뷰에 응해주셔서 감사하다는 것 말씀드리겠습니다. 많은 분 앞에서 인터뷰를 진행하다 보니 조금 긴장되시겠지만, 긴장 푸시고 청중분들께 간단히 인사 말씀 부탁드립니다.

파프리카 청년

안녕하십니까? 저는 경상남도 거제시 거제면에서 1,500평 규모의 파프리카 농장을 5년째 운영하는 25살 농업경영인 조치형이라고 합니다. 만나서 반갑습니다!

GJ팜

사회자

네! 저도 반갑습니다. 이런 자리에서 함께 뜻깊은 얘기를 나눌 수 있어 저도 뭔가 기대가 되는데요, 인터뷰를 초청해서 진행하는 자리인 만큼 많은 분이 궁금해했던 질문들을 먼저 드리려고 합니다. 본격적인 질문에 들어가기 앞서서 요즘 바쁜 나날들을 보내고 계시죠, 그렇지만 아직 대표님이 무슨 일을 하고 계시는지 정확하게 모르시는 분들도 있을 수 있으니 현재 하고 계신 농업에 대해 간략하게 설명 부탁드립니다.

파프리카 청년

저는 현재 경남 거제시 거제면에서 1,500평 규모의 스마트팜에서 3가지 색의 파프리카를 재배하고 있으며, 'GJ팜' 이라는 농장을 운영한 지 올해로 5년 차 되었습니다. 파프리카는 11월부터 6월까지 수확하며 7월에는 철거 및 소독합니다. 8월에는 새로 정식하여 3개월 정도 재배하면 다시 수확을 시작합니다. 1년 내내 농사를 짓는 작물이라고 할 수 있습니다.

사회자

멋진 농장을 운영하시고 계시는군요. 대단합니다! 저는 그 나이에 무엇을 하고 있었는지 다시 되돌아보게 되네요. 자리에 계신 다른 분들도 그러셨을 것 같아요. 요즘에는 젊었을 때부터 농업에 뛰어드시는 분들이 많지 않습니다. 젊은 나이에 농업을 선택하신 대표님은 어떤 계기로 시작하게 되었는지 말씀해 주세요?

파프리카 청년

저는 어렸을 때부터 경영하는 게 꿈이었는데요, 경영에도 다양한 분야가 있지만, 그중에서 저는 '농업' 분야가 블루오션 시장이라고 생각했습니다. 점점 농촌에 인구가 줄어들고 고령화가 지속되는 상황이라는 것은 다들 잘 알고 계실 것 같습니다. 이러한 상황에서 청년들이 쉽게 도전하지 않는 농사를 지음으로써 농촌에 활력을 불어넣을 수 있을 것 같다는 생각이 들었습니다. 이후 입시를 준비하는 과정에서 농업에 뛰어들기 위해서는 실전 경험이 더 중요하다고 생각해 귀농귀촌 교육부터 농업창업보육과정, 최고경영자과정 등 다양한 교육을 이수했습니다. 그중 저의 삶을 변화시킨 프로그램은 멘토·멘티 실습 교육 프로그램이었습니다. 프로그램이 시작되기 전부터 스마트 온실에서 실습받고 싶다고 생각했었고 이후 오게 된 곳이 파프리카 온실이었습니다. 이곳에서 8개월간 실습, 매주 출근하며 수확부터 순작업, 유인 작업을 통해 다양한 실전 경험을 쌓을 수 있었습니다. 이때 농업이 나의 적성과 잘 맞고 이 길로 갈 것이라는 확신이 들었습니다. 열심히 실습하고 있는 도중에 실습하던 온실 사장님의 제안으로 파프리카 온실을 인수할 수 있는 좋은 기회가 생겼습니다. 많은 고민이 되었지만, 도전을 해봐야겠다는 마음에 인수를 결정하게 되었습니다.

사회자

열심히 하다 보면 생각지도 않았던 곳에서 좋은 기회가 찾아오기도 한다는데 얘기를 들어보니 정말 그런 거 같네요. 그렇게 농장을 인수하고 난 후 어려움은 없으셨나요?

파프리카 청년

그때부터가 고통의 시작이었습니다. 후계농이 아닌 창업농이다 보니 저만의 재배 기술이 없어 재배하는 데 있어 많은 어려움이 있었습니다. 지금 생각해 보니 농사를 좋아하는 마음에 쉽게 생각하고 창업을 했던 것 같습니다. 실습 하는 동안 농작업 관련해서만 배웠고 작물 관리에 대해서는 배우지 못했기에 작물 관리는 어떻게 해줘야 하며, 어떤 시기에 무슨 작업을 해야 할지, 해충은 어떻게 잡는지 등 아는 게 하나도 없었습니다. 하루에 12시간 이상 일을 하며 밤낮으로 일을 했지만 일을 따라갈 수 없었고, 환경 관리, 작물 관리 또한 되지 않았습니다. 지금 생각해 보면 저에겐 너무나도 힘든 시기였다고 생각이 드네요.

사회자

제가 경험해 보지는 못했지만 정말 막막하고 힘드셨을 것 같아요. 그때 혹시 포기하고 싶다는 생각은 안 드셨나요?

파프리카 청년

솔직히 말씀드리면 당장이라도 포기하고 싶었고 밤에 야반도주할까 고민했던 적도 있습니다(멋쩍은 웃음을 지으면서 허허 웃는다). 하지만 제가 선택한 길이고 여기서 포기하면 다시는 도전할 수 없다고 생각했습니다. 무엇보다도 항상 저보다도 더 부지런히 일을 도와주시는 부모님 모습을 보면 포기할 수 없었습니다. 그래서 더 열심히 일했고, 많이 배우려고 노력했습니다.

사회자

많이 힘드셨겠어요. 그 상황에서는 누구라도 포기하고 싶다는 생각이 들었을 것 같아요. 그 당시에 모든 일이 힘드셨겠지만 가장 기억 남는 힘들었던 일이 있으셨나요? 만약 있으시다면 그 어려움을 어떻게 이겨내셨는지도 궁금합니다.

파프리카 청년

그 당시 저에겐 모든 일과 상황이 힘들었지만, 특히 저를 괴롭게 했던 건 상품의 품질이었습니다. 제가 재배 기술이 부족하다 보니 상품의 품질이 너무 낮았습니다. 해충 관리가 되지 않아 작물이 피해를 보아 비품이 되었고, 작물 관리 또한 제대로 되지 않아 수확량도 많이 적은 상태였습니다. 하지만 하우스 경영을 지속하기 위해서는 어떻게든 파프리카를 팔아야 했고, 그 고민 끝에 파프리카를 직거래로 판매하기 시작했습니다. 매일 밤 가족과 함께 포장 및 배달 작업을 하기 시작했습니다. 그렇게 힘든 시간을 꿋꿋하게 견디다 보니 어느새 고객분들이 점점 늘어나게 되었습니다. 여기서 제가 느낀 건 물론 생산도 중요하지만, 판매가 중요하겠구나, 그리고 직거래로 판매를 하게 되면 매출 상승에도 많은 영향을 준다는 것을 배웠습니다.

사회자

힘든 시간을 통해 큰 깨달음을 얻었네요. 생산도 물론 중요하지만, 판매가 뒷받침되어야 한다고 말씀하신 것 같은데, 그 이후 어떤 루트로 판매를 확장했는지 궁금하네요.

파프리카 청년

처음에는 파프리카 출하회 소속으로 농가들이 모여 수출을 했습니다. 전부 선별장으로 가서 상품은 일본으로 수출을 하였고, 비품은 도매시장으로 갔습니다. 하지만 일본에서 낮은 가격으로 매입이 되었고, 높은 수수료 및 운반비용으로 운영이 힘든 상황이었습니다. 그래서 해결책으로 비품을 직거래로 판매하기 시작했습니다. 직거래를 진행하다 보니 마트에도 납품하면 좋겠다고 생각했고, 그 후 거제시에 있는 로컬푸드 매장에 입점하기 시작했습니다. 처음에는 2곳에만 납품을 하다가 반응이 좋아 현재는 5곳으로 늘려 납품을 하고 있습니다. 그리고 파프리카를 홍보하기 위해 다양한 행사에 참여하기도 했는데요, 거제시에서 진행하는 행사에 농산물 판매를 시작으로 박람회, 서울에서 진행한 마르쉐마켓 등에 참가했습니다. 품질 좋은 파프리카를 생산하기 위해 계속해서 노력하다 보니 시에서 공공 급식으로 납품을 해보는 것이 어떻겠냐고 제안이 와서 현재는 공공 급식에도 출하를 하는 중입니다.

사회자

이야기를 들어보니 판매 방식이 많이 안정화되었다고 느껴지네요. 이제 질문을 바꿔볼게요. 요즘 국가에서 청년 농부에 대한 관심이 많이 있다고 알고 있습니다. 도움받은 정책이 무엇인지 그리고 실질적으로 어떠한 도움이 되었는지 궁금하네요.

파프리카 청년

네. 요즘 국가에서 청년 농업인들에게 많은 지원을 하고 있습니다. 그중 저를 도와준 제도는 청년창업농 제도였습니다. 이 제도는 청년들이 농촌에 정착할 수 있도록 생활비를 최대 3년간 지원하는 제도로 저금리로 대출을 실행해 주고 있습니다. 저는 창업을 한 지 3년 차가 되었을 때 지원하였고 선정되어 1년간 지원을 받았습니다. 바우처 카드로 영농에 필요한 자재 구매 및 생활비로 사용을 할 수 있었습니다. 이후 후계농업경영인에도 선정되어 저금리 대출이 가능해 미래에 농업 규모를 확장할 때 유용하게 사용할 계획을 세우고 있습니다.

사회자

아 그렇군요. 다양한 정책이 청년들을 도와주고 있네요. 그런데 대표님! 생각해 보니 21살부터 농장을 운영하셨다고 하는데 그럼 병역 문제는 어떻게 되었나요?

파프리카 청년

정말 많은 분이 궁금해할 것으로 생각이 드는데요, 저는 농업을 처음 시작할 때부터 '후계농업경영인 산업기능요원' 제도가 있는 것을 알게 되었습니다. 후계농업경영인 산업기능요원은 산업기능요원 제도와 연계해 본인의 영농기반에서 영농활동을 하는 제도로, 영농기술 전수 등을 통해 농촌 정착 의욕을 고취하고자 하는 것이 목적으로 유능한 인력을 육성하여 농업의 미래 성장을 이루도록 하는 것입니다. 하지만 병역에 관련된 부분이기에 엄청 엄격합니다. 이러한 선발기준에 충족하기 위해 저는 2년 동안 만반의 준비를 했습니다. 농업과 관련한 많은 교육을 이수하였고, 영농에 의지가 있고, 열심히 농사를 짓는 것을 국가로부터 인정받아 2022년에 선발되어 현재 20개월 복무 중입니다. 병역의 의무를 영농활동을 통해서 하는 것이기 때문에 농촌에 발전을 위해 더욱 열심히 해야 한다고 생각하고 있습니다.

사회자

이런 제도가 있는지 처음 알았네요. 농촌의 발전을 위해 더욱 노력해 주시기 바랍니다. 저희가 준비한 여러 가지 질문에 성심성의껏 풀어가 주셔서 너무 감사드립니다. 그렇다면 마지막으로 질문드리겠습니다. 대표님 앞으로의 계획이 무엇인가요?

파프리카 청년

첫 번째 계획은 파프리카 생산 규모를 늘려 규모의 경제화를 갖추는 것입니다. 현재 생산하고 있는 면적이 작은 규모이고, 수확량도 수요에 맞추지 못하고 있습니다. 조금 더 다양한 루트를 통해 판매하기 위해서도 수확량이 많아야 한다고 생각합니다. 그래서 후계농업경영인 자금을 통해 토지를 구매하고, 하우스를 신설할 예정입니다. 두 번째는 파프리카 가공에 도전해볼 생각입니다. 파프리카는 생산 시기가 8개월로 긴 편이지만, 1년 내내 꾸준히 수익을 높이기 위해서는 가공품을 생산해야 한다고 생각합니다. 현재는 파프리카를 분말화하여 장류와 혼합하여

새로운 소스류를 개발할 계획을 세우고 있습니다. 가공품 생산을 지원하는 사업에 도전하여 국내뿐만 아니라 수출까지 가능한 가공품을 개발하고 싶습니다. 해야 할 일이 너무 많은 계획이지만 5개년 계획으로 나누어 하나씩 진행할 예정입니다.

사회자

정말 많은 계획을 세우고 계시네요. 대단합니다. 계획대로 잘 진행되기를 기원합니다. 마지막으로 농업에 관심 있는 청년들에게 하실 말씀 있으시면 자유롭게 말씀 한마디 부탁드립니다.

파프리카 청년

점점 농업에 관심 있어 하는 청년들이 늘어나는 것 같지만, 현실적으로 유입되기가 쉽지 않은 것 같아요. 모든 일은 시작해 보기 전까지는 알 수 없으므로 진중하고 깊게 생각을 한 다음 선택을 하세요. 어떠한 선택을 하든 두려움이 따르지만, 그 두려움이 없으면 변화도 없다고 생각합니다. 계획을 세우고 그 계획을 맞춰 실행에 옮기다 보면 예상치 못한 부분에서 또 다른 길로 연결이 되고, 훨씬 수월하게 일이 진행될 수 있습니다. 저도 그랬습니다. 항상 긍정적인 마음으로 변화를 두려워하지 않는다면 꼭 성공한 농업경영인이 될 거라 믿습니다.

사회자

좋은 말씀 감사합니다. 앞으로도 성장하는 모습 지켜보도록 하겠습니다. 지금까지 GJ팜 조치형 대표님과 인터뷰였습니다. 수고하셨습니다.

심명환

응답하라1991

"아, 아, 잘 보이세요?"

제 이야기를 전하기 전에 저를 간단히 소개하겠습니다. 저는 충청북도 충주시 앙성면 중전리의 마을 지킴이 이자 이 마을에서 가장 어린 농부입니다. 제가 귀향을 하고 농사를 짓는 동안 주변 어르신분들이나 처음 만나는 사람들로부터 받는 가장 흔한 질문 중 하나는 농업을 시작한 동기입니다. "저는 종종 돈을 많이 벌고 싶어서 농사를 짓기 시작했습니다."라고 답은 하지만 사실 저는 어릴 적부터 많은 추억이 고스란히 남겨져 있는 고향이 좋아서 도시 생활을 접고 귀향을 선택하였습니다.

도시 생활하면서 길거리를 걷다 보면 항상 바쁘게 살다 보니 제가 항상 걷는 이 거리를 둘러볼 여유가 없었습니다. 항상 발걸음을 재촉하며 집과 직장을 쳇바퀴 돌듯 지내다가 많은 스트레스로 마음이 복잡해질 때쯤 문득 고향 생각이 나서 주말 약속을 취소한 뒤 즉흥으로 고향으로 향하였습니다. 고향에 도착하여 어릴 적 걷던 길거리를 걷다 보니 희미한 어린 시절의 기억이 떠오르고 저도 모르게 미소를 짓게 되었습니다. 그때 옆을 지나가시던 아버지께서 함께 미소 지어 주시며 저에게 아버지도 마을 길을 걷다 보면 옛날의 아버지가 생각이 나신다면서 그 시절이 아주 그립다는 이야기를 해주셨습니다. 미소를 짓게 해주는 이곳이라면 무엇을 한들 행복할 거라는 확신이 생겨서 귀향을 선택하게 되었습니다. 하지만 단순히 향수에만 젖어서 귀향을 선택한 것은 아닙니다. 직장 생활 중 종종 듣던 말 중 하나가 "할 수 있는 만큼만 해 오버하지 말고"라는 말이었습니다. 할 수 있는 능력을 보여주면 보여줄수록 눈치를 봐야 하는 생활에 지쳐 있었을 때 직장 생활과는 달리 제가 노력한 만큼 결실을 얻을 수 있다는 점이 너무 매력적이었습니다.

"게을리하지 않고 노력한다면 원하는 결실을 볼 수 있다"라는 말이 너무 아름답지 않나요? 하지만…. 현실은 그렇지 않았습니다. 여름철 구슬 같은 땀을 흘리며 수확을 기다렸지만, 비가 많이 오는 장마와 태풍에 의해 저의 복숭아가 떨어지게 되었을 때 많이 좌절도 하였고 눈물도 훔쳐야 했습니다. 제가 노력을 아무리 많이 해도 안 되는 게 있구나라고 생각을 하게 될 때쯤 저에게 "정말 노력을 다해본 게 맞을까?"라고 스스로 물어보았습니다. 그때 저는 "그렇다"라고 답을 할 수가 없었습니다.

그 해답을 찾기 위해 다른 농가 분들은 이러한 상황을 어떻게 예방하고 대비하고 있을까 알고 싶어서 여러 곳의 선도 농가를 방문하여 농장주분에게 답을 찾아보려고 노력하였습니다. 선도 농가 분 중에서도 저처럼 좌절하시는 분들도 있으셨고 자신의 노하우를 알려 주기 싫어하시는 분들도 계셨었습니다. 저희 복숭아가 빗물과 함께 바닥에 뒹굴던 해에도 나무에 잘 달린 농가가 있어서 그 농가를 지속해서 관찰하고 방문하면서 질문도 많이 하고 저만의 해답을 찾아가며 조금씩 나아지는 저의 과수원을 보면서 배우는 즐거움을 느꼈고 농사에 재미를 붙이며 과수원을 지어 나갔습니다. 농사를 지으면서 배우는 즐거움을 많이 느껴보라는 하늘의 뜻인 건지 제가 하나를 해결하면 또 다른 하나가 어긋나고 어긋난 일에 대한 해답을 찾아 나가면서 여전히 재미있게 농사를 배우는 중입니다.

과수 농사를 짓다 보면 시기가 정말 중요합니다. 그 시기 안에 해결하지 못하면 1년 농사가 헛것이 될 수가 있었기에 인력을 구해서 작업을 하였습니다. 혼자서 할 수가 있는 것에는 한계가 있어서 처음에는 마을 분들을 위주로 인력을 쓰다가 고령화로 인해 인력이 더 부족해지면서 용역을 통해 인력을 채워 나가려고 했습니다. 용역에서 오시는 분들은 일을 너무 거칠게 하시는 분도 있으셨고 제가 다른 일을 하는 시간에는 몰래 쉬시는 분들도 많이 있으셨습니다.

그래도 혼자서는 할 수가 없어서 용역을 통해 일하던 중 코로나로 인

해 인건비가 많이 상승해 이대로라면 인건비로 인하여 농업경영에 차질이 생기겠다는 판단이 들어서 기술센터를 통해 저를 멘토링해주신 멘토분과 "인건비를 줄일 방법으로는 무엇이 있을까?"라는 주제로 많은 시간 의논을 하던 중 그래도 가장 실현이 가능할 것 같은 과수원 생력화 작업을 해보자는 의견이 나왔습니다. 과수원에 기계가 작업이 가능할 수 있게 멘토분과 서로의 과수원 시설을 정비하였습니다. 처음에는 주위 분들이 "과수원에 누가 그렇게 투자하냐?"라면서 비아냥거리신 분들도 많으셨지만, 현재는 마을 분들의 과수원도 많이 정비하고 계십니다. 첫해에는 설비 비용과 기곗값으로 농업경영이 매우 힘들었지만, 많은 인건비 절감을 통해 지금은 더욱 안정적인 경영이 가능하게 되었습니다.

농업을 시작하면서 1차원적으로 접근했던 저에게 아차 했던 순간이 있습니다. 단순하게 좋은 농산물을 생산만 하면 될 줄 알았던 저의 생각을 비웃기라도 한 듯 제가 생산한 농산물의 품질이 많이 올라왔다고 자부하고 있었을 때쯤 다른 어려움에 직면하게 되었습니다. 주로 시장에 농산물을 판매하는 사람으로서 저의 농산물을 그날의 경매로 평가를 하게 되었습니다. 기분이 좋은 날도 있었지만, 농산물의 가격이 너무하다 느껴질 때가 많았습니다.

장마가 유난히도 길었던 해에는 복숭아의 가격이 너무 낮게 형성되어 이런 방식으로 농사를 지어서는 안 되겠다라는 생각이 들어 무작정 농업기술센터로 달려갔습니다. 지도사님과 상담을 통해 다양한 판로 개척사업과 마케팅 강의를 소개해 주셔서 많은 강의를 들었습니다. 그 중에 판로 개척사업을 통해서 저의 농산물을 위탁판매 해줄 곳을 소개 받아서 위탁판매를 진행하면서 다양한 방법으로 농산물 판매가 가능하겠다는 생각이 들어 SNS, 스마트스토어를 시작했습니다. 과수원의 1년을 SNS에 지속해서 노출해 소비자분들에게 신뢰감을 드리고, 그 신뢰를 기반으로 스마트스토어를 통해 저의 복숭아를 구매할 수 있는 루트를 마련하여 더욱 안정적인 경영을 할 수 있게 되었습니다. 재구매 고객이 늘어나면서 소매의 비율은 매년 증가하고 있습니다.

비록 소매의 비율이 많이 증가하였지만 그만큼 인건비와 기자재값도 많이 상승하면서 생계를 유지하는 데 많은 어려움을 겪었습니다. 과수원에 시설을 설비하려면 많은 돈이 지출되어야 하는데 총각 시절이라면 과감하게 나만 안 쓰면 되라는 생각으로 투자를 하겠지만 농사를 지으면서 가족도 생기게 되었고, 가족의 생계를 지켜야 하는 한 가장으로서 무책임하게 배우자에게 투자를 고집할 수가 없었습니다. 정말 많은 시간 고민을 했던 것 같습니다. 많은 고민 끝에 농업기술센터 직원분을 만나 상담을 받고 지도사님 소개로 청년후계농에 대해 알게 되었을 때 "이게 바로 내가 찾던 것이다"라는 말이 머릿속에서 떠나질 않았습니다.

농업 경영체를 등록한 지 1년이 지나지 않았던 해여서 청년후계농을 준비하기 정말 좋은 시기였습니다. 후년에 청년후계농이 되기 위해 농업교육포털에서 많은 강의와 현장 교육을 들었습니다. 충청북도의 청년후계농으로 선발이 되었을 때는 마치 세상을 손에 넣은 듯한 기분이었습니다. 후계농으로서 교육을 받기 전까지는 저는 제가 정말 농업을 잘하고 있고 남들보다 앞서 나가는 농업인이라는 생각이 있었습니다. 아주 큰 자만이었습니다. 후계농 교육 과정을 통해 제가 너무나도 많이 부족한 농업인이라는 걸 깨달았고 반성을 하게 된 계기가 되었습니다. 청년후계농의 교육 과정은 정말 농업 족집게 강의 같았고 제가 가야 할 방향을 알려주는 교육이었습니다. 교육도 너무 좋았지만 사실 가장 좋았던 부분은 매달 지원해 주는 영농정착지원금이었습니다. 영농 정착 지원금을 통해 생활비와 기자재값을 충당할 수 있게 되어 부족한 남편에서 믿음직스러운 남편이 되었습니다.

내년 청년후계농을 준비하고 있는 분이라면 올해 청년후계농 선정 기준과 가산점에 대해 알아보고 미리 준비하는 것을 추천합니다. 정말 청년후계농은 주위에 농업을 시작하는 사람들에게 꼭 추천하고 있는 사업 중 하나입니다.

많은 사업과 교육 덕분에 현재는 농업에 대한 자신감이 많이 상승하였지만, 과거에 저는 친구들과는 다른 직업을 가진 것에 대한 부끄러움이 있었습니다. 친구들은 정장을 입고 회사에 출근하였지만 저는 후질구릿한 작업복을 입고 과수원으로 향하는 모습이 그때는 아주 부끄러웠나 봅니다. 농업에 대한 자신감이 생기기 전까지는 친구들이 농사짓고 있냐고 물어보면, 이직 준비를 하면서 잠시 부모님을 도와드리는 그것이라며 말을하곤 했습니다. 어릴 적부터 친구들에게 저는 다음 생에도 농업은 짓지 않을 거라며 입에 달고 살았기에 더욱 부끄러워했던 것 같습니다.

귀향한 후 농업을 처음 짓던 해에는 농업을 하고 있다는 것을 사람들이 알리고 싶지 않았기 때문에 SNS에서는 항상 도시에서의 모습만을 보여주고, 농업 관련 글을 작성하지 않았으며 농업 활동 역시 수동적으로만 했습니다. 과거의 저에게 찾아가 꿀밤을 한 방 날려 주고 싶습니다. 그때부터 판로도 개척하고 귀촌 관련 교육과 다양한 사업을 통하여 적극적으로 행동했다면, 지금 보다 몇 걸음은 앞서 나가 있었을 텐데 하는 아쉬움이 많이 남습니다. 귀농과 귀촌을 준비하고 계신 분이 있다면 해당 지역의 다양한 귀촌, 귀농 혜택을 알아보신다면 농업을 시작하는데 있어서 큰 도움이 될 것입니다.

농업을 경영하면서 항상 행복하면 너무나도 좋지만 힘들 때도 많이 있습니다. 소비자에게 품질 좋은 농산물을 보내 드리는 게 농업인으로써의 행복이라고 생각이 들 때 몸은 정말 많이 지쳐 있었던 것 같습니다. 노력한 것만큼 소비자의 반응을 기대하였지만, 항상 좋은 반응은 아니라 매우 속상하였는데, 매년 구매를 해주셨던 고객분 중 한 분의 문자로 농업인으로서 보람차고 행복해졌습니다. 농산물을 칭찬 해주신 게 아니라 저의 건강을 걱정해주셨습니다. "이런 농산물을 생산하시려면 많은 힘이 들어가실 텐데 항상 건강을 챙기면서 일하셔야 해요."라는 말에 힘이 샘솟는 기분이었습니다. 이 일을 계기로 소비자분들과 소통을 더 많이 하면서 이제는 정말 가족같이 지내고 있습니다. 제가 수확 철이라 날씨를 확인 못 하면 내일 날씨를 말씀해 주시고 태풍이 올라온다며 피해 없으시길 바란다 등의 문자 하나하나가 많이 지쳐 있었던 저에게 큰 힘이 되어 지금의 제가 있다고 생각을 합니다. 우리 가족 같은 고객분들에게 더 안전한 먹거리를 제공해 드리기 위해 유기농업 공부를 하고 있습니다. 현재는 기능사지만 내년에는 기사를 목표로 하고 있고

가족들에게 보낸다는 마음으로 농산물을 생산하는 농부가 되겠습니다. 끝으로 가족 같은 고객분들 덕분에 힘이 많이 나고 내년을 기약하게 됩니다. 그분들에게 감사의 의미를 전달하고자 이렇게 저의 청년 농업인 생활 수기를 쓰게 되었습니다. 감사합니다.

가을

이 또한 풍요롭지 아니한가?

김기현

농사 4년 차 연 매출 4억 도전, 이제 네 차례야

〈나는 대한민국 청년 농업인〉

41.7도, 2023년 우리 토마토 농장의 여름철 최고기온이다. 들어가기만 해도 숨이 턱턱 막히고 땀이 비가 오듯이 흐른다. 비 오듯이 흐르는 땀이 눈에 들어가 눈을 뜨기도 힘들지만 싱그럽게 더위를 버텨나가는 토마토들을 보면 왠지 모르게 입가에는 미소가 지어진다. 귀농 4년째, 청년 창업농 4년 차, 연 매출 4억을 목표로 하는 나는 대한민국의 청년 농업인이다. 매일매일 자라는 토마토처럼 끊임없이 도전해 나가고 성장해가는 나의 농업 이야기를 모두와 나누고자 한다.

〈농사는 내 운명〉

매일 아침이면 토마토들 아래에서 '찰칵'하는 가위 소리와 함께 농부

로서 나의 하루가 시작한다. 내가 기른 농작물을 수확하는 기쁨이 나를 움직이게 하는 원동력이다. 나에게 '농사'라는 것은 일종의 게임과 같다. 캐릭터를 성장시켜서 기쁨을 느끼듯 토마토, 포도, 쌀, 감자 등 다양한 농작물을 키우며 재미를 느낀다. 아마도 농사가 나에겐 '천직'인가 보다.

물론 나도 내가 농업인이 될 줄은 몰랐다. 내가 농업에 발을 딛게 된 것은 우연히 인터넷에서 본 강의로부터 시작한다. 댄 바버라는 요리사가 '내가 사랑한 물고기'라는 주제로 '지속 가능한 농업'에 대하여 알려주는 강의였다. 지속 가능한 농업에 대해 알게 되자 내가 사랑하는 사람들, 내 후손들이 계속해서 이 지구라는 플랫폼을 즐길 수 있게 물려주고 싶었다.

사주팔자처럼 사람은 운명과 팔자가 정해져 있다고 한다. 그 동영상을 보고 왜 그렇게 설   는지 모르지만 내가 세계 농업에 한 획을 그을 수 있을 것 같았다. 그 후에 나는 미련 없이 농업을 배우기 위해 전북대학교 농생물학과에 입학했다. 학교에서 식물생리학, 식물병리학 등을 공부하며 농업에 대한 지식을 쌓아갔다. 하지만 글씨로만 된 책과 밀폐된 교실이 답답했나 보다. 나는 방학이면 전국 팔도 심지어 해외까지 돌아다니며 장사를 하기 시작했다. 그냥 사람들을 만나서 교류하고 소통하는 게 재미있었다. 이런 쾌활한 성격 덕분인지 다양한 일들을 많이 해봤는데 필리핀 바기오 환경청에서 근무도 해보고 졸업 후에는 도시농업 관리사로 서울에서 활동하기도 했다.

그러다 문득 '가장 잘하는 걸 하자'라는 생각이 들었다. 내가 가장 잘하는 '사람을 상대하고 물건을 팔 수 있는 일'과 '대학교에서 배운 농업 지식'을 합쳐 보자고 마음을 먹었다. 그리고 바로 귀농에 관한 이야기를 부모님께 꺼냈다. 부모님은 예상과 달리 나의 귀농을 흔쾌히 지지해 주셨다. 특히 아버지께서는 명예퇴직까지 하시며 나를 돕겠다고 나서셨다. 가족들이 내 꿈을 지지해 주는 것은 참 기분 좋고 힘이 나는 일이다. 그렇게 나의 농업인으로서 인생이 시작됐다.

<씨앗, 발아, 성장이 담긴 초보 농부 이야기>

사람과 농작물은 똑같다. 씨앗부터 과실이 맺기까지 오랜 시간이 걸리고 자신의 노력과 주변의 도움이 필수적이다. 나의 성장 과정 역시 새싹이 자라는 것처럼 농업인이 됐다. 특히 농업인으로 다시 태어나기 위해 껍질을 깨고 나오는 것처럼 엄청난 고통과 고생을 동반하는 일들을 극복하고, 수확할 때 느껴지는 짜릿함, 그리고 그 일련의 과정들이 나에게는 이제 추억이자 감사함이다.

처음 김제시 광활면으로 귀농했을 때가 기억난다. 직접 농사를 짓는다는 것은 상상을 초월하게 힘들었다. 대학에서 농학을 전공했지만, 책에서는 논에 들어가서 써레질하는 법, 로터리 치는 법, 모 심을 때 주의사항 같은 실제 현장에서의 경험과 노하우는 배울 수 없다. 물 로터리가 끝난 논에 들어가서 손으로 휘적거리며 수평을 잡는 내 모습이 그렇게 우스웠는지 마을 주민분들은 크게 웃으며 써레질에 대해 알려주셨고 농기구 빌려주시고 사용법을 알려주셨다. 마을 어르신들이 나의 농사 스승님들이다.

정말 논에서 살다시피 하여 땡볕에 살이 까맣게 탔을 때 비로소 껍질을 깨고 나온 청년 농업인이 되었다. 오랜만에 마주한 후배 녀석은 "오빠 농사짓더니 얼굴도 까맣게 변했네! 엄청나게 고생하는 거 아니야?"라는 반응을 보인다. "그래도 나랑 어울리지 않아?"라고 물어보니 후배는 씩 웃으며 "그건 그래. 히히"라고 대답한다. 검은 얼굴 때문에 이빨이 더 하얗게 빛나지만, 역시 농사와 나는 어울리나 보다.

무엇이든 처음이 가장 힘들다고 한다. 나도 영농경력이 슬슬 쌓이다 보니 도시에서의 모습은 온데간데없고 거무튀튀한 젊은 시골 소년의 모습만 보인다. 시간이 약이라던가. 힘듦에 적응하니 이제는 오히려 쉽니다. 그래서 내일이 항상 기다려진다.

농사는 혼자 짓는 게 아니다. 그리고 농부는 혼자 크는 게 아니다. 농사꾼으로 성장하기 위해 얼마나 많은 마을 주민들의 관심과 사랑을 받았는지 모른다. 지역주민들의 환심을 사기 위한 내 나름의 노하우가 있다. 먼저 그들이 못하는 것을 내가 대신해주기이다. 어르신들이 힘들어 하시는 간단한 서류작업이나 명함을 만들어드리면서 어르신들과 친해졌다. 호감이 쌓이기 시작하니 어르신들이 서로 발 벗고 나를 가르쳐 주고 도와주셨다. 무작정 어르신들에게 3년씩 보고 배우고 논밭에서 구르다 보니 어엿한 청년 농부가 되어있었다.

<가장 든든했던 버팀목, 다양한 청년 농업 정책>

농사를 짓기 위해서는 농사를 지을 수 있는 땅, 재배 기술, 소득이 발생할 때까지 버틸 수 있는 시간과 자금이 필요하다. 부모님이 이미 영농 활동을 하고 있지 않으면 위의 것들을 가지고 농사를 시작할 수 없다. 나 역시 다양한 청년 농업 정책을 버팀목 삼아서 농업인이 될 수 있었다.

먼저 청년 창업농 제도를 이용해서 땅, 재배 기술, 생활비를 충당했다. 청년 창업농 정책은 후계농 육성자금 대출, 영농 정착지원금 지원, 교육 및 컨설팅 지원 등으로 구성되어 있다. 이 제도를 이용해서 청년 농업인들이 농사를 지을 수 있는 기반을 다질 수 있다.

청년 농업인에게 후계농 육성자금 5억 원이라는 큰돈을 5년 거치 20년 상환의 조건으로 빌려주는데, 이 자금을 이용해서 나는 땅을 구매했다. 농업인이 되자 이 세상 어디에도 없던 내 소유의 땅이 생기게 되었다. 처음 땅을 계약하고 나서의 너무 기뻐서 '여러분~여기가 제 땅이에요!'라고 외치고 싶을 정도였다.

영농 정착 지원금은 첫해에 110만 원, 2년 차 100만 원, 3년 차 90만 원씩 매달 바우처 형식으로 지급하는 것으로 구성되어 있다. 이 영농 정착지원금으로 영농활동에 필요한 자재나 농약 비료 등을 구매할 수 있고 생활비로도 사용할 수 있다. 특히 첫해에 농사를 짓게 되면 작물을 수확하기 전까지 수입이 없는데 매월 1일에 들어오는 이 영농 정착지원금이 이렇게 고마울 수가 없다. 이 자금이 아니었으면 농사에 전념하지 못하고 생활비를 마련하기 위해 이곳저곳 일하러 다녔을 것 같다.

청년 창업농이 되면 이뿐만 아니라 농어촌 공사에서 땅을 임대받을 때 1순위가 되기도 하고 각종 사업에서도 우선순위로 선정되는 특혜가 존재하는데 이 덕분에 농어촌 공사에서 땅을 5필지나 임대받을 수 있었다. 가히 청년 창업농 제도는 최고의 버팀목 같은 정책이 틀림없으리라.

또 스마트팜 청년창업 보육사업이 있는데 전국에 밀양, 상주, 고흥, 김제 총 네 군데의 혁신밸리에서 생활비와 주거비를 약 70만 원 지원해주고 20개월간의 농업 교육을 받을 수 있는 정책이 있다. 이 사업을 통해 스마트팜에 대한 지식을 함양하고 직접 온실을 운영해 보면서 재배기술 습득할 수 있다. 이 교육의 가장 큰 장점은 20개월간 어디서도 배울 수 없는 스마트팜이라는 고급 농업기술을 돈을 받아 가며 배울 수 있다는 것이다.

지금 청년 농업인들에게 이렇게 많은 지원정책과 혜택을 누릴 수 있는 곳은 전 세계를 뒤져봐도 대한민국밖에 없을 것이다. 더 많은 청년이 농촌으로 들어와도 여러분들을 지지해 줄 수 있는 '청년 농업인 정책'이라는 버팀목이 있다는 것을 알려주고 싶다.

<지금은 대 농업의 시대>

'나의 귀농이 딱 1년 말 빨랐어도….'라는 생각을 요즘 따라 많이 한다. 여기에는 몇 가지 이유가 있는데 첫 번째로는 농사가 재미있기 때문이다. 두 번째로는 돈이 된다는 사실이다. 이렇게 재미있고 돈 되는 농업을 왜 더 빨리 시작하지 않았는지 과거의 내가 살짝 밉다.

먼저 농사가 재미있는 이유는 나의 적성과 성격에도 잘 맞은 것도 있지만 계속해서 성장해 나가는 재미가 있다. 위에서 언급했던 청년 창업농, 스마트팜 보육사업 등을 통해서 농업기술을 습득하고 기반을 조성해서 나의 농사를 확장하고 발전시켜나갈 수 있다. 1년 차에 영농규모는 3필지(3,600평)에 불과했지만 4년 차인 지금은 무려 13필지(15,000평)나 된다. 이렇게 빠르게 성장할 수 있는 산업이 농업 말고 또 있을까? 너무 재미있다.

두 번째로는 농사가 돈이 된다는 것이다. 농사를 시작하고 첫해에는 정말 생활비밖에 못 벌 정도였지만 지금은 무려 3억 원에 이르는 매출을 올리고 있다. 물론 벼, 콩, 보리, 밀, 포도, 토마토, 감자 등 정말 많은 작물을 하느라 하루하루 정신이 없지만, 수확하고 나서 통장에 돈이 또박또박 들어오는 순간이면 그간의 모든 고통이 씻겨 내려가듯 사라진다. 도시에서보다 생활비도 적게 들고 수입은 많아지니 돈을 두 배로 버는 듯한 기분이 들 정도다.

물론 어떤 일을 하더라도 '실패'는 존재한다. 하지만 적어도 농사에서는 불변의 진리가 있다. '농작물은 농부의 발소리를 듣고 큰다.'. 이 말처럼 농사는 스스로가 부지런하고 정성과 사랑을 쏟으면 무조건 '성공적인 농사'로 보답한다. 농사는 단순하고 정직하다.

나는 지금 대한민국이 '대 농업의 시대'라고 생각한다. 2023년 청년창업농 선발인원을 보더라도 4,000명이 넘어간다. 정말 많은 청년이 비전을 가지고 농사에 뛰어드는 와중에 조금이라도 먼저 농사를 시작하고 자리를 잡으면 지금 내가 경험한 재미와 기쁨을 여러분도 같이 누릴 수 있을 것으로 생각한다.

<모두가 함께하는 농업을 목표로>

청년이라는 존재는 매우 특별하고 힘찬 에너지를 내포하고 있다. 열정, 개성, 다양성 등 오직 청년에게만 주어지는 특권들이다. 나는 청년농업인으로서 청년이 가진 에너지를 농사와 농촌에 쏟아내고 싶다. 누구보다 부지런히 움직이고 열심히 해서 나의 정성과 사랑이 가득 담긴 농장을 만드는 게 목표다.

농사를 굳이 비유하자면 마라톤에 가깝다. 정말 한결같은 속도로 끊임없이 달려가야 그 결실을 맛볼 수 있다. 그래서 지치지 않게 함께할 수 있는 다른 청년 농업인들과 끊임없이 교류하며 서로에게 의지하고 있다. 청년들이 모이면 자연스레 지역에 활력이 돈다. 앞으로는 더 많은 청년이 농촌에 들어와 농촌에 활력이 사방에 도는 모습을 보고 싶다.

결국 내가 꿈꾸는 나의 농장은 많은 청년 농업인들이 모여 모두가 행복하게 농사를 지을 수 있는 안전한 울타리가 아닐까 싶다. 이미 나라에서 그 울타리를 만들어 주었으니 나는 그 울타리 안에서 '모두가 함께'라는 농업관을 펼치면 그만이라 생각한다.

처음에는 혼자였지만 지금은 나와 함께 농업이라는 길을 걸어주는 든든한 청년 농업인들과 조력자들이 있다. 언제든지 여러분들은 농업의 세계에 들어와도 좋다. 여러분들의 동료가 되어 함께 걸어갈 수 있는 많은 청년이 이미 여러분들을 기다리고 있으니까.

이현호

호주 워킹홀리데이, 농부가 될 수 있었던 인생 터닝 포인트

영농종사 배경

저는 귀농을 하기 전 워킹홀리데이를 호주로 2년 동안 다녀오게 되었습니다. 호주에 있는 2년 동안 규모가 어느 정도 있던 농업회사에서 일하였고, 살면서 처음 접한 농업과 그 농업과 함께하는 생활이 저에게 너무나 잘 맞았습니다. 그리고 호주에선 정말 많은 농장이 6차 산업을 잘 활용하고 있습니다. 그중에서 베리류들을 취급하여 6차 산업을 활용해 좋은 공간을 조성해놓은 한 농장을 접하게 되었고, 그 농장을 다녀온 후 농업에 기초한 6차 산업을 활용한 공간을 제가 직접 한국에서 만들어 보고 싶은 꿈이 워킹홀리데이 막바지에 생겼습니다.

그렇게 저는 그 꿈을 위해 한국으로 돌아가면 바로 귀농을 해야겠다

고 계획하였으나 농업에 관해 당장 무지한 상태로 한국에 들어와서 곧 바로 농업에 뛰어드는 건 쉽지 않을 것 같아 기본교육을 받고 기초를 알고 난 뒤에 귀농해야겠다고 판단했습니다. 여러 가지 플랫폼들을 찾아보다가 2개월 이론, 2개월 실습, 2개월 해외연수 및 자격증 교육을 할 수 있는 교육인 "농협 청년농부 사관학교"를 알게 되어 입교하였고 기본적인 농업 교육을 이수함과 동시에 경상북도 문경으로 귀농하여 표고버섯 농사를 짓게 되었습니다. 문경으로 귀농한 이유는 그 당시 국내에서 처음으로 ICT 기술을 도입하여 표고버섯을 키울 수 있는 스마트팜 재배단지를 조성한 곳이기 때문입니다. 귀농 준비를 하며 스마트팜에 관심이 많았는데 이것을 청년 농업인에게 저렴하게 임대한다고 하여 고민 없이 문경으로 귀농해 표고버섯재배단지에서 농사를 시작하게 되었습니다.

농사를 시작해서 표고버섯이 생산되면 공판장으로 버섯을 보내서 판매하는 모든 과정이 순조롭게 선순환이 될 것으로 생각을 했었지만, 현실은 그렇지 않았습니다. 공판장에 물건을 보내면 제값을 받기 힘들었고 생산량이 많은 계절엔 더더욱 제값을 받는 것이 어려운 상황이었습니다. 하지만 다행히 귀농 후에 2020년 "청년후계농"으로 선정이 되어 수익이 많지 안을 때 청년후계농 지원금을 통해 농자재와 의식주를 해결하였습니다. 이 사업은 1년 차 월 110만 원, 2년 차 월 100만 원, 3년 차 월 90만 원 지원금을 바우처형태로 지급해주는 사업인데 힘든 시기에 정말 잘 버틸 수 있는 버팀목이었고 이 사업을 통해 안정적으로 농업에 정착을 할 수 있게 되었습니다.

영농과정 중 좋았던 일, 어려웠던 일, 극복과정

① 좋았던 일

제가 이루고자 했던 꿈을 위해 한 개씩 한 개씩 준비하는 과정들이 좋았고 뿌듯함이 컸습니다. 첫 번째론 농사를 처음 시작해서 제가 직접 생산해낸 표고버섯이 나왔을 때가 너무나 좋았었고 행복했었으며 그 표고버섯의 판매까지 이뤄졌을 땐 정말 뿌듯했었습니다. 이 감정을 갖고 현재까지도 농사를 지으며 어려운 것들을 극복해나가려고 노력하고 있습니다. 그 후에 6차 산업을 꿈꿔온 저는 그 6차 산업을 이루고자 처음으로 제 이름으로 된 토지를 사들이었을 때 정말 좋았습니다. 진짜 제가 꿈꿔온 것을 이루기 위한 제대로 된 첫 발걸음이라고 생각을 했으니깐요.

농업을 하면서 많은 경험을 할 수 있는 기회들도 생겨서 좋았습니다. 기사와 방송에도 출연할 기회가 되어 MBC, TJB, LG헬로비전, NBS 등 다양한 농업방송에 출연을 할 수도 있었고요 "가치살자"라는 협동조합에도 들어가서 행정안전부 사업을 통해 청년 사업들을 해나가는 기회도 생겨 농업을 통해 정말 다양한 것들을 할 수 있었습니다.

② 어려웠던 일

영농 초기엔 뚜렷한 판로가 없어서 표고버섯을 생산해서 장날이나 해사장 등 오프라인으로 판매할 수 있는 곳에 다니며 판매를 하였습니다. 하지만 생산하기도 바쁜데 생산 후엔 판매하러 돌아다니는 것이 너무 비효율적이고 쉬는 날 없이 일을 해야 해서 몸이 빨리 지자고 내가 생각했던 농업이 맞는지에 관한 생각을 많이 했었습니다.

공판장에 물건을 보내면 제값을 받기가 쉽지 않았으며 생산량이 많은 계절에는 더더욱 제값을 받는 것이 힘든 상황이었습니다. 그러한 상황에서 코로나19까지 겹치는 바람에 오프라인 판매 또한 힘든 상황이 생겨서 자연스레 온라인 판매에 집중하게 되었습니다.

농업을 시작하면서 관계에 대한 것들도 농업 생활에 정말 많이 필요로 하다고 생각을 하게 되었습니다. 농사일을 시작하게 되면 도움이 필요한 순간들이 정말 많습니다. 하지만 도움을 요청할 사람이 없고 나와 관계된 사람이 근처에 없다면 도움받을 길이 전혀 없어, 다른 이들과의 관계를 만들기 위해서 많은 봉사단체(4-H, 의용소방대, 방범대) 등에서 활동을 하였습니다. 이를 계기로 인간관계를 쌓아 나갔고 그 사람들을 통해 농업에 필요한 많은 것들을 도움을 받을 수 있었으며 안정적으로 농업에 정착을 할 수 있었습니다.

③ 극복과정

판매의 문제점을 극복하기 위해서 온라인 판매에 집중하였고 온라인 판매는 SNS를 활용하여 소통→홍보→판매순으로 마케팅을 시작하였습니다. 제일 먼저 소통을 위해 시작한 플랫폼이 "유튜브(Youtube)"였습니다. 현재까지 유튜브를 잘 활용하여 2만 명의 구독자를 확보하고 있고 이외 다른 플랫폼도 다양하게 활동하면서 홍보를 하는 중입니다.

유튜브 플랫폼을 통해 고정고객과 새로 유입된 고객들에게 "Youtube 라이브커머스"를 활용하여 농산물 판매하여 기존 매출액보다 5배 이상의 매출을 증대시킬 수 있었으며 판매와 동시에 농장홍보까지 할 수 있게 되었습니다.

청년 농업인에 걸맞게 유튜브뿐만 아니라 현재는 인스타그램, 블로그, 틱톡 등 다양한 플랫폼을 활용하여 농장홍보를 하고 있습니다.

매출 증대를 위한 상품개발

표고버섯 생산만으로는 매출 증대가 어렵고 경쟁력도 없으므로 가공상품도 개발에 힘을 많이 썼습니다. 가공상품은 국내에서 처음으로 오미자+표고버섯을 추출한 표고버섯 스포츠음료인 "REDADE(레드에이드)"라는 제품을 개발하게 되었습니다. 오미자를 같이 혼합한 이유는 제가 사는 지역의 특산품을 같이 활용하여 건강한 음료만이 아닌, 맛있고 건강한 맛을 만들기 위해 같이 혼합을 하였습니다. 현재 "REDADE"제품은 레시피 개발 완료 후 테스트 제품을 생산하고 홍보하고 있으며 최종적인 패키지디자인이 완성되면 판매를 할 예정입니다.

저희 농장의 표고버섯 키트도 제작을 하여 표고버섯 배지도 판매를 할 계획입니다. 올해 10~11월에 패키지디자인을 마치고 제가 문경에서 주최한 표고버섯 축제 "만백성에게 표고하노니"에서 제작한 표고버섯 키트를 홍보 및 판매할 계획입니다.

창농 준비

① 농업기술센터

각 지자체 농업기술센터에 가면 많은 농업 교육을 들을 수 있으며 다양한 상담이 가능합니다. 저 또한 표고버섯에 대해 아무것도 모를 때 기술센터에서 선도 농가를 소개받아서 농가 견학도 가보고 기술센터에서 하는 마케팅, 재배 교육 등 다양한 교육을 통해 다양한 지식도 얻을 수 있었습니다. 그래서 청년 농부들이 어려운 점이나 배우고 싶은 것들이 있을 땐 각 지자체 농업기술센터에 방문하여 도움받는 것을 추천해 드립니다.

② 똑똑! 청년농부

"똑똑! 청년농부"의 플랫폼을 통해서도 많은 도움을 받을 수 있습니다. 플랫폼 한곳에서 각 지역의 지원사업을 볼 수 있어서 비교하기도 좋고 내가 사는 지역의 사업들도 알아보기 너무나 편리하고 쉽게 되어있어서 자주 이용하시면 도움을 많이 받을 수 있습니다. 또한 사업뿐만 아니라 청년농들의 다양한 사례들을 볼 수 있어서 농업의 현실적인 얘기도 들을 수 있고 귀농 귀촌인들의 TIP이 될 만한 정보들도 많아서 "똑똑! 청년농부" 플랫폼을 이용하여 다양한것들을 보고 배우시는 것을 추천을 드립니다.

③ 농업교육포털

농업교육포털 사이트를 통해서 온라인으로 많은 교육을 들으면서 농업의 지식을 쌓을 수 있으므로 저도 활용을 많이 했던 사이트라서 현재 창농을 준비하고 있는 분들은 사용하면 괜찮은 곳이라 추천해 드립니다.

호주에서 보았던 '6차 산업'을 문경에서!

저의 최종목표는 표고버섯을 활용한 6차 산업 농장을 만들어가는 것이 마지막 목표입니다. 최종목표를 위해 2022년에 후계농업경영인 육성자금을 통해서 토지를 샀고, 매매한 토지가 다랭이식으로 되어있어서 현재 흙을 성토하는 작업을 마무리해놓은 단계이며 토목설계를 통해 토목+관광농원까지 같이 허가를 내는 중입니다. 허가가 끝이 나면 "청년 농업인 자립 기반" 사업을 통해 표고버섯 체험장과 교육장을 만들 계획이고 2024년 하반기엔 체험장과 교육장을 운영할 계획입니다.

6차 산업을 시작해서 제가 목표로 둔 매출을 만들기 위해 사업체를 더 확장할 계획입니다. 사업장 확장은 영농법인을 만들어 저와 같은 꿈을 꾸고 있는 농업인들과 함께 모여 꾸려 나갈 계획이고 문경을 중심으로 더 많은 지역에 지점을 늘릴 계획을 하고 있습니다.

'6차 산업' 체험·교육프로그램

① 교육프로그램

제가 운영할 체험장과 교육장은 개발할 표고버섯 키트로는 학생, 가족, 표고버섯 관심 있는 모든 분에게 키트를 활용하여 표고버섯 배지생산과정, 표고버섯의 생육 과정 등을 먼저 교육할 예정입니다.

② 체험프로그램

기본적으로 표고버섯을 수확 체험할 수 있고 가공상품으로 출시된 "RED ADE" 스포츠음료를 직접 만들어서 시음할 수 있도록 하며 표고버섯 가루를 이용하여 촉감놀이, 표고버섯 제빵 수업 등을 진행할 예정입니다.

청년 농업인의 자세

청년 농업인들은 농업에 정말 많은 곳에 필요로 하다고 생각을 하고 있습니다. 필요로 한곳에 청년들이 스스로 나서서 도움을 준다면 마을에서 더 크게 지역 전체가 청년들을 통해 분위기가 바뀔 수 있으므로 혼자만 잘해야겠다는 생각을 버리고 상생의 마음으로 농업을 시작하면 좋겠습니다.

청년 농업인은 정말 다양하고 좋은 혜택들이 많습니다. 이런 좋은 기회를 이용해서 사업적으로만 활용해서 소비 형태로 사용하지 않고 지역에 정착하는데 많은 투자를 하여 안정적으로 정착을 해서 지역에 많은 도움을 주셨으면 좋겠습니다.

저 또한 청년 농업인이 되면서 받았던 혜택, 도움받은 것들이 너무 많았기 때문에 이것에 대한 보답을 어떻게 해드리면 좋을지에 대한 고민을 항상 갖고 제가 도움 줄 수 있는 곳엔 앞서서 다가서고 도움을 주려 하고 있습니다. 이러다 보면 도시 외 지역에 있는 청년들에게까지 좋은 영향력을 생기고 그로 인해 많은 사람이 농업에 대한 긍정적인 생각들을 하게 되었으면 좋겠습니다.

박상우

철부지 아들, 집안의 가장이 되다

1. 농업인이 되기 전 하던 일, 영농 종사 계기

어릴 적 가장 흔하게 볼 수 있었던 것은 농기계였다. 순창의 운북리라는 작은 산골짜기 마을에 추수할 때가 되면 콤바인을 가져와 마을 전체를 돌며 추수를 하시던 다른 동네 삼촌이 참 멋있어 보였다. 부유하지 못했던 탓에 추수뿐만 아니라 다른 농작업 일에도 다른 분들의 기계로 도움을 많이 받아야 했다. 이러한 이유 때문인지 농기계를 만드는 사람이 되고 싶어 공대를 진학 하게 되었고, 농업기계 관련 회사에 입사하기 위해 준비하며 더욱 농업에 관심을 가지게 되었다. 그중에 특히 스마트팜이라는 분야가 눈에 들어 왔고, 노동 집약적인 일이 아니라 조금 더 편리하고, 고소득 작물을 재배할 수 있다는 사실이 매력적이었다. 스마트팜에 관한 여러 사례를 찾아보고 접하며 농업기계가 아닌 내가 직접

영농창업을 해봐야겠다고 다짐을 하게 되었다.

그렇게 농업에 관련된 정보를 접하던 중에 순창군에 경영실습 임대농장 스마트팜 재배동이 완공되었다는 공고문을 보게 되었고 지원하게 되었다. 정말 다양한 시설에서 다양한 작물이 재배되는 것을 보며 가장 호불호가 적고, 1차 생산뿐만 아니라 가공, 체험 등 6차 산업으로서의 확장을 생각하여 딸기를 선택하게 되었고, 현재 딸기 재배 3년 차 청년농부가 되었다.

2. 영농과정의 좋았던 일, 어려웠던 일, 극복까지의 과정

어떠한 직업을 가지고 생활하다가 영농을 한 것이 아니기 때문에 영농을 준비하며 자금이 부족한 것이 가장 어려웠다. 딸기는 상토 준비부터, 비료, 각종 자재 등 모종까지 굉장히 초기자본이 매우 필요한 작물이기 때문에 더욱 힘들었다. 그래도 농업 관련된 정보를 찾으며 청년후계농이란 사업을 알게 되어 첫 작기를 후계농 자금 대출 실행으로 시작을 하였다. 대출 실행을 위해 농협과 농업기술센터를 오가며 들었던 생각은 정말 대출이 쉬운 일이 아니라는 것이었다. 특히나 농협에 대출 상담을 받을 때는 잘못을 저질러 교무실에 끌려온 학생처럼 굉장히 떨렸던 느낌을 잊을 수가 없다. 또한 수많은 서류에 사인할 때 대단히 무거운 압박감과 영농 생활에 대한 두려움이 생기기도 했다. 하지만 나같이 영농기반이 하나도 없는 예비 농업인도 농업을 시작할 기회가 생기는 것에 다행이라는 생각을 했고 열심히 해야겠다는 다짐을 하기도 했다.

두 번째로 직면한 문제는 딸기에 대한 재배 기술이었다. 아무리 강의를 보고 책을 들여다봐도 나의 농업적 지식으로 해결이 안 되는 부분이 있었기 때문에 지역 내 딸기 재배로 유명한 분을 찾아가기로 결심하였다. 순창은 담양에 근접해 있고, 많은 딸기 농가 분들이 계신다. 그중 한 분을 찾아갔을 때 생각보다 반갑게 맞이해 주시고 농장 꾸리는 것부터, 선별 포장 등 강의나 책에서 배우기 힘든 노하우 등을 많이 가르쳐 주셨다. 멘토가 없었으면 딸기 농사를 지을 수 있었겠냐는 생각이 들 정도로 어떠한 작물이라도 멘토는 정말 중요하다. 가까운 곳이든 거리가 있는 곳이든 초보 농부는 꼭 멘토를 섭외할 필요가 있다고 느꼈다.

농업 기반이 하나도 없이 시작했기 때문에 자금 등 어려운 일이 아주 많았지만 좋았던 일도 아주 많았다. 개인주의 사회가 문제로 야기 되는 요즘 협력하며 같이 살아가는 농촌 생활은 참 따뜻했다. 시골에 태어나고 자랐지만, 대학 생활 등으로 도시에 나갔다가 다시 들어온 농촌은 아직도 따뜻한 곳이었고 도시만큼 치열한 곳이기도 했다. 한적한 여유로움 속에 정말 바쁘게 살아가는 농업인들을 보며 반성도 하고 더 열심히 해야겠다고 다짐하기도 했다. 젊은 사람이 어떻게 농업을 하게 되었냐며 격려해 주시는 분들도 참 많았고 같이 협력하며 작물 출하를 도와주시는 분도 있었다. 또한 내가 모르는 보조 사업이나 지원사업들의 정보를 공유해주시는 분들도 많았다. 어려운 일이 있을 때면 항상 같이해주시고, 도시처럼 화려한 건물과 불빛 아래에서 멋진 음식은 아니지만 정말 값진 땀 흘리고 먹는 흔한 백반은 그야말로 꿀맛이었다.

영농 생활을 하며 아버지를 더욱 이해하고 참된 농업인으로서 존경하게 되었다. 아버지 또한 영농기반 없이 농업에 종사하며 수많은 어려움이 있었을 텐데 묵묵히 계획된 일을 헤쳐 나가는 모습을 보며 본받아야겠다고 생각했다. 아버지를 보며 더욱 부지런하지 못한 나의 모습을 반성하기도 하며 왜 동네에서 어르신들이 아버지에게 농지를 맡기시는지 알게 되었다. 누구보다 땅을 사랑하고 농업을 사랑하시는 아버지는 참된 농업인이었다. 몇십 년을 농사지었던 땅의 주인 분께서 땅을 판다는 소식을 전했을 때 그 논에 나가 며칠을 돌아보시는 아버지의 뒷모습에 아쉬움과 오래된 친구를 떠나보내는 듯한 쓸쓸함이 느껴졌다.

내가 영농 생활을 오래 한 것은 아니지만 제일 잘한 일은 그 토지를 구매한 것으로 생각한다. 내가 어렸을 적부터, 아버지가 젊었을 적부터 농사지어온 그 땅을 내가 구매했다. 온실을 짓기 위해 토지 구매 계획을 하고 있었고, 마침 온실 짓기에도 적합한 토지였기 때문에 구매를 결정했다. 토지를 구매한 후에도 아버지께서는 며칠을 그 논에 나가셨다. 나중에 온실이 지어질 땅이지만 우리 가족에게 첫 영농기반을 내가 마련했다는 생각에 아들로서 뭔가 뿌듯했고, 나도 땅을 귀하게 여기는 농업인이 되어야겠다고 다짐했다.

방학 때만 잠시 들리던 시골에서 처음 겪어 보는 일들이 너무 새로웠다. 농업기술센터라는 기관에 처음 가보기도 하고, 정말 많은 부서가 있구나라는 사실도 처음 알게 되었다. 농촌의 발전을 위해 정말 많은 헌신과 노력이 더해지고 있다고 생각했다. 또한 인구 소멸 위기 지역으로 선정된 전북 순창 군이라는 지자체에서 인구 정착 유지에 정말 많은 힘을 쏟으며 다양한 정책을 내놓기도 했다. 농촌의 청년으로서 참 많은 정책사업에 참여하며 많고, 다양한 사람들을 알게 되었고 지역에 자연스레 관심과 애정이 생기게 되었다. 딸기라는 작물을 재배하며 내가 지역 내 어떤 선한 일을 할 수 있을까 하는 생각을 하며 지역 내 어린이집에 딸기 화분을 만들어 반려 식물을 선물했고, 장애인 분들, 어린이들에게 딸기 수확 체험을 무료로 제공하여 힐링의 시간을 선물하기도 했다. 지역과 함께 상생하는 즐거움에 준비하는 과정과 결과에 너무 기쁘고 보람찬 경험이었다.

3. 나에게 도움이 된 정보 또는 사업(후배에게 도움이 될 정보)

첫 번째로 영농 생활을 하며 가장 도움이 되었던 사업은 청년후계농 사업이다. 사업에 선정이 되면 한 달에 1년 차 110만 원, 2년 차 100만 원, 3년 차 90만 원씩 영농정착지원금 바우처를 받을 수 있고 저금리로써 후계농 융자금을 받을 수 있다. 후계농 자금으로 농기계, 묘종, 시설 자금 등으로 사용할 수 있어서 자본이 없거나, 처음으로 영농에 뛰어드는 예비 농업인에게 매우 유용한 사업이다. 그리고 1년 차부터 3년 차까지 교육받을 수 있음으로써 농장을 경영하는 데에 매우 필요한 정보들을 얻을 수 있다. 지역 내 다른 청년 후계농들과 정보를 교류한다면 판로 개척에도 도움이 되고, 영농 생활을 이어가는 데 큰 힘이 될 것이다.

두 번째로 영농 생활을 하는 데에 있어 매우 중요한 것은 지역 내 농업기술센터다. 매우 많은 부서들 중 나에게 맞는 사업들이 꼭 있으니 항상 유심히 찾아보고 방문해야 한다. 가공센터가 있는 농업기술센터에서는 가공 교육을 수료하고, 직접 가공도 할 수 있으니 정말 좋은 기회이다. 가공뿐만 아니라 디자인, 유통까지도 도움을 받을 수 있으니 농업기술센터에는 자주 방문하는 것이 좋다.

세 번째는 스마트팜에 관심이 있는 농업인이라면 꼭 선정되기 위해

시도해야 하는 사업이라고 생각한다. 바로 청년 스마트팜 보육사업이라는 사업이다. 전북, 전남, 경북, 경남 4개소에서 선정하고 있으며 매년 개소마다 52명을 선발하고 있다. 이론 교육 1개월, 교육형 실습 6개월, 경영형 실습 12개월로 이루어져 있고, 스마트팜에 관련된 데이터, 작물생육, 환경 관리 등 복합적인 영농 교육을 받을 수 있는 사업이다. 교육생 기간 매달 70만 원을 지원받을 수 있고, 경영형 실습 하는 동안에는 380만 원가량 재료실습비를 사용할 수 있으니 아주 큰 도움이 되는 사업이다. 사업 수료 후, 스마트팜 종합자금을 심사받을 수 있는 자격 조건이 생기기 때문에 꼭 필요한 사업이라고 할 수 있다.

4. 과거로 돌아간다면…. 이렇게 준비하겠다

수많은 사업 중 먼저 청년 스마트팜 보육사업에 선정되는 것을 목표로 하고 싶다. 현재 교육생이지만, 순창의 경영실습 임대농장에서 경영형 실습을 하고 있으므로 동기들과 떨어져 실습하는 것이 항상 아쉬움으로 남는다. 동기들과 더욱 소통하고 경험하면서 인적자원을 쌓을 수도 있고, 여러 정보를 얻을 수도 있어서 가장 먼저 이 사업에 선정되는 것을 목표로 삼고 싶다. 혁신밸리에서 경영형 실습을 진행하며 나의 브랜드를 만들고 판로를 만들겠다. 판로나, 마케팅 방안을 확보하지 않고 영농에 뛰어들었기 때문에 초창기에 굉장히 어려움을 겪었기 때문이다. 또한 스마트팜에 맞는 환경제어에 대해 아는 것이 많이 없었기 때문에 재배하는 방식에 어려움을 겪었다. 큰 목표가 아니라 조금 더 세밀한 계획을 세우고 영농창업에 힘써야겠다고 생각했다.

5. 청년 농업인으로 이루고 싶은 나의 목표

영농기반이 없는 상황에서 매우 더디긴 하지만 집안을 일으키기 위한 여정이 시작되었고, 그 긴 여정은 농업으로써 이루어 낼 것이라는 다짐을 한다. 아직도 많이 부족하고 부모님 또는 주위 어른들이 보기에 철부지이지만 누구보다 자신 있고, 확신이 있으므로 농업을 하는 데 있어 주저함이 없었다. 내년이면 결혼을 앞둔 예비 신랑으로서 많은 부담감이 있지만, 외로운 영농 생활에 동반자가 생겼기 때문에 불안함보다 기대감이 더 크다. 쇠약해지신 부모님을 대신하는 것에 많이들 염려하시지만 성실함을 무기로 집안을 일으켜보고 싶다. 육체적 노동에 힘들고 지치겠지만 지금까지 해왔던 것처럼 소유하는 것보다 베푸는 것에 뿌듯함을 느끼는 농부가 되고 싶다. 살기 좋은 농촌을 만들기는 어려울 거 같지만, 살고 싶은 농촌을 만들기 위해 노력하고 싶다. 또한 1차 생산뿐만 아니라, 6차 산업으로 확장하는 것에 힘써서 도시인들에게 농촌을 더욱더 알려 농촌이 소외되지 않도록 하고 싶다.

유현주

몸이 열 개라도 모자란 똑순이의 농사 비법

벼와 보리도 구분하지 못했던 나.

논에 무엇을 심는지, 밭에 무엇을 심는지 제대로 알지 못했던 나.

청년창업농에 선정되어 농사를 시작한 지 6년 만에 우수후계농업인에 선정되었고, 하우스 3개 동으로 농사를 시작했던 것이 지금은 1,600평의 7연동 스마트팜 딸기 하우스와 900평 규모의 딸기 육묘장을 운영하고 있다. 또한 내 브랜드로 만들어진 가공제품도 만들어 판매하고 있다.

나는 승계농도 아니고 자본도 없었다. 청년창업농으로 선정되면서 3년 동안은 영농정착자금으로 생활비를 대신하며 살았고, 후계농 자금으로 땅을 사고 시설을 지었다. 정말 아무것도 없이 시작했다. 그런 내가 지금은 남들이 봤을 때 “규모가 크다”라는 말을 듣기까지 6년 동안

오늘도, 달큼
today`s Dalkum

무수한 실패와 도전들이 있었고 365일을 농번기처럼 지내왔던 이야기를 해보려고 한다. 비록 많은 어려움이 있었지만, 그것들을 이겨내기 위해 정말 많이 노력했고, 내 농산물을 알리기 위해 열심히 농사지었다. 그 모든 것이 하나의 발판이었다는 것을 지나고 나서 알게 되었다. 나처럼 어렵게 도전해나갈 후배 농업인들에게 조금이라도 도움이 될까 싶어 이렇게 몇 자 적어본다.

첫 번째, 좋은 땅은 나오지 않는다. 내가 좋은 땅을 만들어라.

청년 창업농에 선정되거나 후계농에 선정이 되었을 때 가장 큰 혜택은 5억 원의 융자를 받을 수 있는 것이다. 그냥 주는 돈 아니다. 대출이다. 하지만 지금은 대출도 능력이라는 말이 나올 정도로 금리가 올랐고, 농업인이라는 보증 하나로 저금리에 5억 원의 융자를 받을 수 있는 것을 잘 이용하면 농사를 짓고자 하는 농업인에게는 기회가 될 수 있다. 지금은 땅에 씨만 뿌려서 농사짓는다고 농사가 아니다. 농사도 하나의 사업이라고 생각하고 접근해보자. 처음에는 천만 원 대출 받는 것도 무서워하던 나였다. 그러던 내가 어떻게 억대의 돈을 빌릴 수 있었을까?

무서워서 땅을 못 사고 한 해, 두 해 지나다 보니 땅값은 해마다 오르고 있었다. 내가 택한 작물은 딸기였고, 딸기 농사를 짓기 위해서는 시설 하우스를 지어야 했다. 시설이 있어야 농사도 짓지 않겠는가? 한 해에 적어도 평당 2만 원씩 오르는 것을 실제로 눈앞에서 경험하면서 900

평이면 한해에 1,800만 원, 두 해가 지나니 4만 원, 생각했던 최대 예산보다 3,600만 원이 올려있었다. 이대로 시간만 보내다가는 이도 저도 못할 거라 판단했다. 심지어 내가 원하는 좋은 땅은 부동산에 잘 나오지도 않았다. 네모반듯한 땅, 6차 산업을 하기 시작했을 때 사람들이 찾아오기 편하도록 길이 좋은 땅, 도로변 옆 땅, 마을과 가까운 땅, 흙이 좋은 땅 등이 내가 원하는 땅의 조건이었다.

어느 날 농업기술센터에서 초보 농부들을 위한 농업 컨설팅을 받는 기회가 생겼다. 그때 내 농장에 방문하신 교수님이 말씀하셨다.

"후계농 자금 썩히지 말고 무조건 땅을 먼저 사세요"

"교수님, 땅 진짜 사고 싶은데 좋은 땅이 안 나와요!"

"좋은 땅은 절대 안 나와요. 나와도 비싸서 못 사요. 내가 좋은 땅 만들면 됩니다. 위치 안 좋더라도 내가 좋은 땅 만들면 사람들이 찾아오게 되어 있어요."

맞다. 그렇다. 좋은 땅은 절대 나오지 않는다. 그리고 나오더라도 값이 비싸서 나는 살 엄두도 내지 못한다. 얼마 지나지 않아 그렇게 나는 일을 저질렀다. 잘못된 판단으로 못 사던 땅을 단번에 사게 되었다. 나의 땅이 생겼다. '좋은 땅은 나오지 않는다. 내가 좋은 땅 만들고 만다.'

두 번째. 노동에 취하지 말아라.

우리 부부를 잘 아는 어느 귀농하신 선배 내외가 이런 말씀하셨다.

"너희는 진짜 일당백이다. 언제, 누가 그 일을 다 했니?" 그렇다. 우리 부부는 365일을 농번기처럼 일했다. 우리뿐만 아니라 지금도 여느 청년 농업인들은 우리처럼 그렇게 일할 것이다. 귀농해서 자본이 없는 상태에서 시작했기 때문에 늘 부족했고, 농사 재배 기술이 없었기 때문에 실패도 잦았다. 그래서 열심히 할 수밖에 없다. 한 살이라도 젊었을 때 자리를 잡아야겠다는 생각 하나로 했다. 자재가 필요하면 중고 자재를 구매해 나와 남편이 직접 시공했고, 공판가가 좋지 않을 때는 농산물을 트럭에 싣고 직접 거리로 나갔다. 이것도 하다 보니 늘더라. 딸기, 멜론, 옥수수, 아로니아, 마늘, 배추, 양파, 고구마, 토마토 등 지금껏 쉬지 않고 농사지었던 농작물이다. 좋은 가격에 팔고 싶었고, 잘 팔고 싶었다. 꼭 높은 가격은 아니더라도 제 가격을 받고 싶었다. 어디서, 어떻게, 누구에게 팔아야 할까?

예를 들어 딸기나 옥수수는 아이가 있는 가정이나 여성 고객이 주였고, 배추나 마늘, 양파는 중년 여성, 아로니아는 면역력이 좋다고 하여 암 환자 또는 질병을 앓고 있는 사람들, 멜론은 수확 철에 맞춰 추석 명절 선물을 준비 중인 기업이나 회사 등 다 그에 맞는 고객층이 있었다. 그렇게 때에 따라 한 해 두 해 직거래 판매를 하면서 노하우도 쌓이게 되었고 입에서 입으로 홍보가 되면서 점차 직거래 판매 고객이 늘어갔다. 나중에 배우니 이게 바이럴 마케팅이란다.

나는 농산물을 재배하는 사람이다. 상품이 좋으면 누가 됐든 찾아온다는 것을 깨달았다. 하우스에 박혀서 일만 많이 하고 열심히 한다고 해서 되는 게 아니었다. 일은 하되 재배 기술도 익힐 수 있도록 공부를 해야 한다. 농업기술센터나 기술원에서 하는 다양한 작물 재배 기술 교육도 들었고, 홍보 마케팅 교육도 틈날 때마다 들었다. 이론적인 교육도 좋지만, 실제적인 교육은 최고이다. 열심히 하려고 하지만 한 번의 실수로, 기후변화로, 내가 알지 못하는 어떠한 잘못된 방식 때문에 실패하는 농가는 수도 없이 많다. 그런 곳에 가서 신세 한탄 소리나 들으며 시간 낭비하지 말고 선도 농가를 방문해 재배 기술을 배우자. 지역이 다를지라도, 조금 거리가 있을지라도 잘하고 있는 분을 꼭 찾아가서 눈으로 좋은 작물을 보고 배우는 것을 추천한다. 그분들께는 우리가 알지 못했던 부지런함과 지혜가 분명 있을 것이다. 그리고 내가 겪었던 배울만한 선배 농업인들은 나를 경쟁상대로 생각하는 것이 아니라 같이 잘되고자 하는 분들이셨다. 내가 먼저 다가가면 더 많은 것을 배우고 알게 될 것이다. '노동에 취하지 말자. 배우자'

세 번째. 새로울'신(新)'에 현혹되지 말자.

우리가 교육을 듣게 되면 신소득작물, 신품종이라는 단어를 듣게 된다. 그 단어에 현혹되지 말라고 이야기하고 싶다. 우리의 인생에서 새로운 시도와 도전은 좋은 것이다. 하지만 농사에서는 새로운 시도와 도전은 자제하는 것이 좋겠다. 처음 시작하는 초보 농업인이라면 평범한 것으로 시작하는 것을 추천한다. 누가 해보지 않은 것은 새롭고 흥미로운 것이지만 소비자들에게 또한 흥미로만 끝나는 경우가 많기 때문이다. 새로운 농산물은 한 번, 두 번의 구매는 이루어질 수 있겠지만 소비자는 기존의 농산물과 비교하면서 다시 돌아가게 되는 경우를 많이 보았다. 이것은 나의 경험담이자 나와 함께 귀농한 청년 농부들이 숱하게 겪었던 일 중의 하나이다. 신품종의 경우 내가 판로를 개척하지 않으면 납품할 곳을 찾지 못하고 공판장에 헐값으로 납품하게 되어, 인건비조차 남지 못하는 경우가 허다했고 재배 기술이 확립되지 않아 수확까지 미치지 못하는 경우도 많았다. 우리는 농업인이지 연구하는 사람이 아니기 때문이다. 일반적인 것은 기본 이상은 무조건 한다. 어느 정도 작물에 관한 기술이 쌓이고 판로가 형성되었을 때 새로운 도전을 해도 절대 늦지 않을 것이다.

네 번째. 목표를 세워 이를 꼭 기록하자.

귀농 4년째가 됐을 때 의아한 생각이 들었다. 매출이 적지 않고, 하는 일이 적지도 않은데 항상 돈이 없었다. 일반 직장인들처럼 월급은 아니더라도 내 인건비는 남아야 하지 않은가? 그런데 작기를 마치고 비룟값, 영양제값, 비닐값 등 경영비를 다 빼고 나면 내 인건비는 항상 없었다. 내 딴에는 경영 장부를 기록하고 있었지만, 그것은 경영장부가 아니었다. 두리뭉실하게 큰돈이 들어오고, 큰돈이 나갈 때만 기록했다. 경영 장부를 정확히 기록해야 했다. 불필요한 지출을 막기 위해 주부들이 가계부를 작성하듯, 농업인들도 농가를 경영하기 위해 구체화한 경영

장부를 기록해야 한다. 수입, 지출, 경영비까지 기록해 나가면서 이후의 목표 또한 구체적으로 세우게 되었다. 구체적인 규모에 대한 계획, 시설비 투자에 대한 계획, 올해 수입에 따른 내년 수입 목표 등 연말이 되면 그것들을 수첩에 기록해놓고 한 해를 시작했다. 그랬더니 나의 농업이 달라졌다.

생각만 하는 것은 안 된다. 꼭 기록을 하자. 농사만 짓는 농사꾼이 아니라 내 농장(사업장)을 꾸리는 농업경영인이 되어야 한다. 나 또한 구체적인 목표 설정이 중요하고 그에 따른 목표액을 설정했을 때 비로소 가치 있는 농장 운영이 될 수 있었다. 올해 이루지 못했을지라도 내가 계획한 것은 다음에 꼭 이룰 수 있기 때문이다. 내가 2020년에 목표로 크게 잡았던 세 가지가 있었는데 그 종이를 청소하면서 우연히 발견했다.

① 땅 900평 한 단지 사기

② 매출액 2억 달성하기

③ 육묘장 3동 짓기

그때는 정말 큰 목표로 생각하고, 적었다. 그런데 청소하면서 우연히 발견했을 때, 내가 목표했던 계획이 다 이루어져 있었다. 목표와 의지가 있으면 우리는 해낼 수 있다.

다섯 번째. 기회는 왔을 때 무조건 잡아라.

나는 2018년 청년창업농 1기에 선정되면서 농사를 짓기 시작했다.

여러 교육을 듣고 컨설팅을 받으면서 농업에도 많은 콘텐츠가 있음을 알게 되었고 다양한 지원사업이 있음을 알게 되었다. 나의 창의적인 아이디어만 있으면 얼마든지 좋은 사업을 확장해 나갈 수도 있다. '내가 할 수 있을까?' 처음에는 자신감이 없었다. 많은 이들 앞에서 내가 생각하는 제품개발에 대해 발표 하는 게 쑥스러웠다. 하지만 내가 시도하지 않으면 얻어지는 것은 하나도 없었다. 남들은 다 하는데 나라고 못 할 것 뭐 있나? 그때 생각한 것은 '기회는 왔을 때 잡자'이다. 나에게 온 모든 것이 기회라고 생각하니 못할 것이 없었다.

내가 주로 정보를 얻은 곳은 전남농업기술원, 군농업기술센터, 군청 사이트, 농촌진흥청 등이다. 가깝게 나에게 직접적으로 접할 수 있는 지원사업에 대한 정보를 얻을 수 있었다. 자부담이 적은 사업으로 시작했다. 내 디자인 하나만 만들어도 득이라고 생각했다. 그에 맞는 스티커 하나만 붙여도 농산물의 퀄리티가 달라지는 것을 느꼈고, 내 농장이 홍보됐다. 그렇게 점차 나의 브랜드, 나의 디자인, 나의 상품들을 다양하게 개발해 나갈 수 있다.

하우스에서 딸기만 재배하는 농부가 아니라 나의 브랜드를 개발하고, 현재는 딸기 생과 외에 딸기잼, 딸기 동결건조칩, 딸기 콤부차 등 다양한 가공상품들을 만들어 판매하고 있다. 농업경영인으로서 점차 성장해 나가고 있다. 처음에는 작게 시작했지만, 점차 매출도 늘어가고 규모도 확장해 나갈 수 있었다. 사업량도 늘어가고 큰 금액의 지원사업이 떴을 때도 도전해볼 역량이 생기기 시작했다. '할 수 있을까?'라는 생각보다는 '이것은 나에게 온 기회다! 기회는 왔을 때 잡자!'라는 생각으로 도전한다면 못할 게 없을 것이다. 안되면 어떤가? 내년에는 경쟁자가 더 많아질 텐데. 시도하더라도 경쟁자가 한 명이라도 적을 때 해보자. 그렇게 시도한 청년 농업인 스마트팜 인프라 구축사업에 올해에 선정되어 나는 7연동 하우스를 운영하게 되었다.

겨울

다음을 꿈꾼다는 것은

하준식

멋진 촌세계

"혀… ㅇ… 형! 지원했어요?"

아…. 깜박 졸았나 보다. 날 열심히 흔들며 깨우는 친구는 나보다 4살 어린 A군. 절반쯤 작성한 지원서를 슬쩍 감추며 "어허…. 거의 다했어…."로 얼버무리고 얼른 자세를 고쳐 잡았다. 오늘은 스마트팜 혁신밸리 지원 마감일이다. 스마트팜 혁신밸리는 청년 농부 육성과 스마트팜 보급이라는 타이틀을 갖고 시작된 정부의 프로젝트다. 그렇다. 나는 농부다.

아니, 아직 농부라 하기엔 부끄러운 초보 농부다. 작년 7월쯤 직장을 나와 하던 공부를 때려치우고 부모님 은퇴와 노후를 고민하던 시기와 맞물려 농업에 관심을 가지기 시작했다. 보통 교육은 3월이나 4월, 봄이 태동할 때 농업교육포털사이트나 귀농귀촌지원센터 등에 많이 올라

hoogendoorn
2023년 첨단기술품목특화 전문교육 토마토 국외연수
일 시 2023년 7월 25일(화) ~ 7월 31일(월)
연수국가 네덜란드, 벨기에
주최/주관

온다. 드문드문 보이는 교육 중 가장 마음에 들었던 교육이 있었다. 임실 마이웨이 농원에서 진행하는 '청년귀농장기교육'이였다. '청년귀농장기교육'은 말 그대로 귀농하고자 하는 청년들의 안정적인 정착지원을 위한 실습 중심의 장기 체류형 교육과정이다. 먹여주고 재워주고 일도 배울 수 있다니 일석삼조였다. 아직 어떤 작물을 해야 할지 모르는 무지한 상태에서 토마토나 오이, 애호박, 딸기 등을 간접 체험할 수 있다는 점도 큰 메리트였다. 그렇게 나의 좌충우돌 촌 생활이 시작됐다.

내가 교육받은 임실 마이웨이 농원에 대해 간단히 설명하면 친환경 채소 마이스터이자 유기농 토마토, 애호박 전문가이신 박외진 현장 교수님이 운영하시는 농장으로 유기농 인증을 받은 땅에서 직접 작물을 재배해 볼 수 있는 기회를 얻을 수 있는 곳이다. 땅, 즉, 농업인들이 흔히 말하는 양액재배가 아닌 토경재배이다. 농업에 무지했던 처음엔 토경이나 양액이나 뭐가 다른지 또 어떤 작업에서 차이가 나는지 잘 모르는 상태였다. 옛말에 그런 게 있다. 모르는 게 약이다.

먼저 교육생별로 180평의 땅을 부여받았다. 20kg 퇴비를 각자 37포대씩 뿌리고 트랙터로 섞어주고, 관리기로 왔다 갔다 골을 파고 갈퀴로 평탄화하고 애호박 모종을 적당한 간격으로 심고 점적 호스를 설치 후, 관수 상태를 점검하여 교체해 주면 모종 심기가 끝이 난다. 아…. 소름…. 아주 그냥 술술 나온다. 딱 3줄 정도로 요약했지만 7, 8월의 하우스는 정말 덥고 유기농 재배다 보니 모기나 벌레 또한 많은 환경에서 처음 해보는 일을 하는 건 여간 곤혹스러운 게 아니었다. 애호박은 어느 정도 크면 유인과 수정, 비닐 씌우는 작업까지 해야 하므로 은근히 손이 많이 가는 작물이다. 혼자라면 더 힘들었겠지만, 같이 교육받는 동기들 두 명 있어서 좀 더 힘을 내서 할 수 있지 않았나 싶다. 농업과 전혀 관련이 없는 일을 하다 농업에 뛰어든 3명의 청년이 일 끝나고 먹는 맥주 한 캔에 행복을 느낄 수 있었던 것도 농업에 관련된 말도 안 되는 토론도 할 수 있었던 것도 나이대가 비슷한 청년들이 모였기 때문인 거 같다. 뭐 내가 제일 맏형이고 A군은 4살, B군은 8살 차이지만:)

임실은 인구 약 2만6천 명의 작은 군으로 어느 군이나 그렇듯 인구가 점점 감소해 청년들의 정착과 관심이 필요한 곳이다. 임실읍에서 10분 정도 차를 타고 가다 보면 명절에 할머니 댁에 갈 때나 볼 수 있는 마을 같은 청웅면이 내가 교육받은 곳이다, 상주하는 교육생 몇 명과 수시로 왔다 갔다 하는 교육생들이 다 같이 동네 식당에 들어가면 분위기가 바뀐다. 잔잔한 호수에 파동이 일어나듯 고령인구가 많은 그것도 동네 토박이가 많은 곳에서 젊은 청년들이 몰려다니면 어쩔 수 없는 현상이다. 어떨까? 간간이 뉴스에 나오는 텃세나 얼굴을 붉히는 상황이 발생할까? 아니다. 현실은 이제 이분들도 아신다는 것이다. 농촌에 더 이상 일할 인력이 부족하고 고형화로 인해 시간이 갈수록 점점 더 심해지리라는 것을 말이다. 마을에 젊은 청년들이 많다며 다들 좋다고 해주시고 막걸리 한잔내어주시면 그날 교육이 끝…은 아니지만…. 우리가 사회 속에서 살아갈 때도 마찬가지지만 농촌에서도 새로운 관계를 받아들이고 한발만 먼저 더 다가갈 수 있는 용기만 있다면 뭐든 극복해 낼 수 있다고 생각한다.

농사를 짓다 보면 계절의 변화를 체감상 더 빨리 느낄 수 있다. 분명 엊그제 맞은편 논에 벼를 심은 거 같은데 어느새 누렇게 고개를 숙이더니 곧 황량한 벌판과 새하얀 마시멜로만 덩그러니 놓여있다. 겨울이 온 것이다. 교육도 어느새 5개월의 일정이 마무리되고 청년후계농을 지원할까 다른 농가에 가서 일을 더 해볼까 고민하던 차 교수님으로부터 토마토 양액재배 제안을 받게 됐다. 이번에 400평 정도의 양액 지원사업을 받아 토경과 같이 재배해보면서 비교 분석을 하고 싶었던 차 이제 곧 백수가 되어버린 제자들이 눈에 밟히신 것이다. "선생님…. 저 농구가 하고…아니 농업이 하고 싶어요!"

A군과 나(B군은 고향에서 농업 관련 취업을 했다.)는 1월부터 양액 배재 준비에 들어갔다. 400평 정도의 규모로 완숙 토마토를 재배하고 각자 토경 200평 방울토마토도 재배해 수확, 판매까지 진행할 계획이기 때문에 준비할 게 많았다. 비닐 교체나 권취식 천장 수리, 양액재배 동선 계획, 양액에 대한 기본적인 이론 등 하우스 개보수부터 농업 관련 교육까지 농업인은 만능이 되어야 한다는 말이 괜한 말이 아니었다. 그리고 딸기도 관심이 생겨 논산까지 WPL 현장 교육도 받으러 주말에 왔다 갔다 했기 때문에 일주일 내내 농업에 빠져 지냈다.

양액재배는 유기농 인증을 받을 수 없다. 땅이 아니기 때문에 친환경까지 가능하고 6개월 단기로 재배해보는 거라 작목반에서 받아주지도 못하기 때문에 선별도 직접 해야 했다. 한 명은 수확하고 한 명은 선별하는 지옥의 단순 반복 일정이 시작된 것이다. 완숙은 무조건 공판장행이었다. 직거래를 할 수 있으면 좋지만, 선별부터 상자 포장까지 시간이 오래 걸리고 수확량도 많았기 때문에 물량을 다 커버할 수 없었다. 방울토마토는 대부분 직거래로 판매했는데 유기농으로 땅 관리가 잘 된 덕인지 맛이 좋아서 조금 과장을 보태면 불티나게 팔렸다. 하지만 역시 남는 물량은 공판장으로 보낼 수밖에 없었다. 판매나 홍보를 위해 인스타나 블로그도 활용해봤지만, 사람들의 관심을 끌긴 부족했고 가장 홍보가 잘 됐던 동네 사랑방 역할을 하던 미용실 판매도 날이 더워지면서 다른 과일을 찾으시는 분들이 많아졌다. 공판장은 방울토마토 이슈가 터져 가격방어가 조금 불안했지만 약간의 반등이 있어 나쁘지 않은 결과를 얻을 수 있었다.

교육장을 임대해 재배하다 보니 오가는 사람들 속에서 다양한 목적으로 농업에 뛰어드신 분들을 많이 만날 수 있었다. 같이 일한 A군은 기계, 설비 프로그램 관련 일을 하다 와서 좀 더 편하게 일할 수 있는 시스템 구축이나 자동화 설비에 관심을 가지고 농업에 뛰어들었고 현재 교육장에서 바통을 이어받아 농사를 짓고 있는 C팀(세 명의 친구들이다.)은 천안에서 멜론 농사를 지으면서 유기농 토마토소스라는 확고한 목적을 가지고 여러 가지 사업을 진행하고 있었다. 또 농대를 졸업하자마자 뛰어든 D양, 인천에서 임대형 체험을 준비하시는 E형님, 딸기 교육을 받는 논산에서는 체험이나 교육 및 가공을 목적으로 딸기 농사를 준비하시는 등 1차 산업인 생산만을 생각해 뛰어들었던 나를 일깨워 주신 분들이 많다. 이렇듯 짧지만 직접 몸으로 부딪치고 경험한 농업은 도화지에 어떤 색을 칠하고 또 그 위에 다른 색을 입히면서 자신만의 그림을 만들어 낼 수 있는, 즉, 어떤 문화적인 요소나 다른 산업들과 융복합 할 수 있고 밑바탕이 될 수 있는 그런 가능성이 있다는 확신이 들었다.

'첨단기술품목특화'라는 교육이 있다. 스마트팜 저변 확산에 맞춰 ICT기반 품목별 정예 선도농업인 양성이 목적인 교육으로 마이웨이농원이 토마토 교육장으로 선정돼 같이 듣고 운 좋게 네덜란드 토마토 연수라는 기회도 누릴 수 있었다. 토마토 재배를 마무리하고 7월 말 5박 7일 일정으로 출발해서 네덜란드, 벨기에 토마토 및 농업 관련 회사를 탐방하는 일정이었다. 자부담이 있어 6개월 토마토 판매 수입 중 일부를 눈물을 훔치며 송금시켰지만, 결과적으로 농업에 대한 내 생각에 확신을 더해 주는 아깝지 않은 연수였다.

네덜란드는 연중 200일 비가 오고 바람이 많이 불어 유리온실이 필수고 일사량도 적기 때문에 보광등 또한 필요한 어떻게 보면 온실 쪽으로 선진국이 될 수밖에 없는 환경이다. 또 온실 역사가 깊고 데이터수집 또한 오래되었기 때문에 여러 가지 센서나 프로그램을 활용하여 좀

더 스마트한 농업을 하고 있다. 거기에 더해 농장 규모 또한 기본적으로 6ha 정도로 큰 농장들이 많아 규모에 걸맞게 유통이나 선별 및 판매 전략, 마케팅 등 다양한 산업들이 어우러져 수입을 창출하면서 운영되고 있었다. 유리온실 하나에 참여하는 업체 수만 수십 가지가 될 정도로 전문적으로 세분되어있다는 느낌을 받았는데 에너지 세이빙이나 탄소중립, 천적 활용 등 환경적인 부분도 상당히 신경 쓰고 있었다. 그러나 이런 네덜란드 농가도 최근 인건비, 가스비의 상승으로 인해 개인 농가들이 줄고 경영에 어려움이 있다는 설명을 듣고 무조건적인 농업의 투자는 신중해야 한다는 것을 깨닫는 시간도 되었다.

현재 난 경남 밀양 스마트팜 혁신밸리에 합격해 교육을 이수하고 있다(A군은 김제, D양은 상주에 합격했다). 아직 어떤 방향성만 정했지, 구체적으로 뭘 해야겠다는 확신이 들지 않아 좀 더 많이 보고 배우고 또 나와 같이 이제 막 시작하는 젊은 청년들의 생각을 듣고 싶어서다. 남는 시간엔 방통대 농학과에 편입해 교육도 듣고 자격증 시험도 준비하며 해왔던 대로 농업에 많은 시간을 투자하고 있다. 농업을 시작하는 청년들, 또는 이미 자신만의 농장을 구축한 청년들의 스토리를 들어보면 같은 스토리나 똑같은 길을 걸어온 사람은 단 한 명도 없다. 그만큼 농업의 포용력은 무궁무진하고 자신만의 스토리를 만들고 그걸 바탕으로 농장을 구축했을 때 브랜드가 된다는 것을 의미한다. 작은 발걸음이 나중엔 자산이 되어 여러분들에게 돌아올 것이다.

마지막으로 농업의 길을 개척해주시고 노하우를 아낌없이 전수해주신 박외진 교수님과 귀찮은 질문에도 항상 답변해주시고 현실적인 조언을 많이 해주신 임실 최고의 농부 홍성유 대표님, 딸기의 모든 것을 열정을 담아 교육생들에게 가르쳐주시는 강영식 교수님께 감사의 인사를 전하고 싶다.

세계적인 경제학자 짐 로저스가 말했다.

“젊은이여 트랙터를 운전하라”

그럼, 여기 나도 한마디 덧붙이고 싶다.

“청년 농부들이여 멋진 촌세계를 같이 만들어 봅시다”

이혁

피할 수 없으면 즐겨라 (Carpe diem)

1. 농업인이 되기 전 하던 일, 영농 종사 계기

서울에서 태어나 28살까지 거주를 하였고, 중견기업에서 재무회계를 담당하였습니다. 아버지는 IMF 때 직장에서 해고가 되면서 시골로 귀촌을 하셔서 양돈업을 하였고, 전통적인 농업을 추구하였기 때문에 사육하던 돼지도 도립축산연구원에서 토종가축 복원종 중의 하나로 만든 '토종흑돼지'였습니다. 모돈과 육성돈 등 축산업에서 자리를 잡아가던 중 KBS 9시 뉴스에도 나올 정도의 돼지 전염성 폐렴과 구제역을 여러 번 겪고 난 뒤 방목지에 모두 복숭아나무를 심으셨습니다. 아버지는 이러한 과정 때문에 스트레스에 술을 많이 드셨고, 저는 매일 출근길에 안부 전화를 드렸습니다. 그러던 어느 날, 어머니가 암으로 돌아가셨고, 그 충격으로 술에만 의존하시던 아버지가 쓰러지셔서 위급한 상황

Rapha.

에 놓이게 되었습니다. 지인을 통해 서울 건국대병원 중환자실로 이송되었습니다. 해당 시기는 6월이었고 복숭아, 자두 적과 및 봉지 씌우기 작업이 한창이기에 선택의 갈림길에 섰었습니다. 1남 2녀 중에서 누나들은 모두 시골 일에 대해서 반대 의견을 내놓았습니다. 그러나 저는 어려서부터 방학 때면 시골에서 아버지 일을 도우며 애착이 있었고, 원래의 꿈이 건국대 축산학과에 입학하여 축산 의료사의 길을 걷는 것이었으나 성적이 미치지 못해 경희대 경영학과에 입학했었습니다. 그 후 직장 생활을 하며 40살에 안정적인 환경을 조성한 뒤 귀농을 하겠다는 계획을 세우고 있었는데 이 계획을 조금 빨리 앞당긴다는 생각으로 귀농을 결정하였습니다.

2. 영농과정의 좋았던 일, 어려웠던 일, 극복까지의 과정

가장 좋았던 일은 영농 후 지금의 사랑스러운 아내와 예쁜 딸을 만난 것입니다. 두 번째는 아빠와 함께하는 시간입니다. 어렸을 때부터 "엄마가 좋아? 아빠가 좋아?"라고 물어본다면, 저는 바로 "아빠!"라고 외쳤습니다. 그리고 방학 때마다 내려와서 했던 일은 고추 수확, 참깨 묶기, 돼지사료 주기, 돼지분뇨 치우기 등을 하였는데, 당시에는 아버지와 일하는 게 마냥 좋았고, 시골에서 하는 모든 행동이 좋았습니다. 귀농 후, 아버지가 중환자실에서 퇴원 후 내려오셔서 농한기가 되기 전까지, 같이 복숭아를 수확하고, 포장하고 관리하며 즐겁게 농업 활동을 하였습니다.

그러나, 농한기가 오고 복숭아와 쌀의 과잉생산으로 매출이 많이 줄어 농협 외상값을 갚는 등 판매관리비를 제외하니 실제 순이익은 거의 0에 가까웠습니다. 돈이라는 현실적인 문제가 눈앞에 놓이다 보니 이 부분에서 아버지와 갈등이 생기는 등 난관에 맞닥뜨리게 되었습니다. "내년에 잘해보자"라는 말씀하시던 아버지께 딱히 할 말이 없었습니다. '이게 농촌의 현실인가?'라는 의문이 머릿속을 가득 채우고 있었습니다. 그러나 밟을수록 강해지는 잔디와 같은 저는 과수원 동계전정을 빨리 끝내고, 아버지에게 거름 살포를 부탁드린 뒤, 아르바이트 등을 하며 그 해 겨울을 보냈습니다. 많은 돈은 아니지만, 수확이 다가오기 이전까지 아껴서 생활하면 될 정도로 돈을 저축해놓으니, 심적으로 여유가 생겼고, 농업에 더욱 집중할 수 있게 되었습니다. 또한, 신규농업인 현장실습교육, 복숭아연구회 활동 등을 하며 전문지식을 습득하였습니다. 젊은 열정만으로 덤비기에는 농업이라는 벽이 너무 높았지만, 교육을 통해 사다리를 하나씩 높일 때마다 벽의 높이가 낮아졌고, 이듬해에는 그 벽을 넘어갈 수 있었습니다. '피할 수 없으면 즐겨라(Carpe diem)'라는 문구를 인용하여 앞으로의 어려움이 있어도 극복해 나갈 것입니다.

3. 나에게 도움이 된 정보 또는 사업(후배에게 도움이 될 정보)

지자체 기술센터에서 운영하는 신규농업인 현장실습교육, 영농 4-H 활동, 농업인대학 등 기술하기에는 너무 많은 정보와 사업이 있기에 제가 대표적으로 뽑을 수 있는 2가지 내용을 기술하도록 하겠습니다.

첫 번째, 충주시 농업기술센터에서 주관하는 '신규농업인 현장실습 교육'입니다. 멘토링 운영제도라고도 불리며, 선도 농가에 기술 전수를 받고, 현장에서 Q&A를 직접 해결할 수 있으며, 이론과는 별개로 필요한 노하우를 전수 받을 수 있는 교육입니다. 또한, 일정액의 교육비를 받을 수 있어 초기에 귀농하여 농업에 종사하는 선·후배들에게는 경제적 보탬이 되고, 교육 시간을 이수 받을 수 있어서, 차후 청년창업농업인에 지원할 때 많은 도움이 될 것입니다.

두 번째, TYM(구)동양물산에서 지원하는 청년 농업인 트랙터 지원 사업입니다. 이 사업은 TYM이 ESG 경영의 하나로 선순환을 하기 위해 농업 활동에서 기계적 어려움을 겪는 농업인에게 무상으로 지원하는 제도입니다. 저의 경우에는 22년도에 신청하여 전국 16명을 선발하는 사업에서 3,000명의 경쟁을 뚫고 선정되었습니다. 해당 사업은 인터넷을 통해서도 많은 정보를 확인할 수 있으며, 양식에 맞는 사업신청서를 상세하게 작성해서 지원하게 된다면, 매우 큰 도움이 될 것입니다. 물론 경쟁률이 높아 선정에 어려움이 있으나, 매우 도움이 되고 필요한 사업임이 틀림없습니다.

4. 과거로 돌아간다면…. 이렇게 준비하겠다

현재의 농업은 정보와 기계화, 마케팅 등 일반 기업과 같은 경영 생태계 속에 놓여있습니다. 이는, 예전처럼 전답을 가꾸고 파종을 하고 소독, 비료를 주고 수확을 하는 과정에서 어떻게 생산할 것인지, 어떻게 판매할 것인지, 어떻게 정산할 것인지 등 세분된 경영계획과 목표가 필요로 합니다. 그래서 과거로 돌아간다면, 세분된 경영계획과 목표를 설정해 실패 없는 농업환경을 만들 것입니다.

농업성공 10개년 개발계획

1~3년 : 일반대학에 진학하는 것이 아니라, 한국농수산대학교에 진학하여 전문적·실전적 학습을 받으며, 관련 농업 자격증을 취득하고, 방학에는 시골로 돌아와 배운 것들을 적용하여 반복·숙달하며, 새로운 농법의 적용 등을 할 것입니다.

4~5년 : 농업회사 법인을 설립하여, 모든 거래를 회사로 귀속시키고, 유튜브, 인스타그램, 스마트스토어 등 유통·마케팅을 고도화하여 나만의 브랜드를 확보합니다.

6~7년 : 견고해진 농업 기반으로 파이프라인 형성을 준비할 것입니다. (공격적인 유통·마케팅·홍보를 지속하며, 드론방제단의 효과에 대해서도 데이터를 구축하여 지자체 등과 업무교류를 진행하고, 복숭아는 비품을 활용한 가공 아이템, 벼와 콩은 부산물을 활용하여 가축들의 먹이로 만드는 방법을 연구하여 농가소득 증대와 축산농가와 협업 관계를 형성하고, 농한기나 손 없는 날을 활용하여 가공·체험 등과 관련된

교육을 받으며 관련 허가에 대해서 준비할 것입니다.

8~10년 : 농산물재배와 농지관리 등 현업 위주의 업무를 조직원과 분업하여 효율성을 더욱 높일 것입니다. 농업회사법인의 조합원 및 지역 농업인들의 평균 생산량 측정 등을 통해 개인 농가는 납품할 수 없었던 백화점, 대형마트 등 대형 유통업체에 입점하여 더욱더 안정적인 매출 증대를 이룩하여 통합 마을형 기업으로 재탄생시키는 시발점이 될 것으로 기대하고, 이외에 홈쇼핑, 라이브 스트리밍 등 다양한 판매시스템을 확보할 예정입니다. 1~7년 차의 개발계획이 문제없이 진행될 경우, 농업의 대형화·기계화·생력화의 3박자가 완성될 것입니다. 회사의 업무 부서를 세분화하여 운영을 체계화할 것이며, 쌀을 이용한 체험 프로그램을 구성하고, 대형 콩 재배단지 이외에 친환경 쌀 재배단지를 조성하여 농산물 상품의 다양성까지 확보하여 융복합 산업을 체계화할 것입니다. 이외에 지역사회 일자리 창출 등 건강하고 행복한 '통합 마을형 기업'으로 성장시켜 대한민국의 농업을 이끌어 가는 농업인이 될 것입니다.

5. 청년 농업인으로 이루고 싶은 나의 목표

현재 주 품목은 복숭아, 수도작, 부 품목은 콩, 생강 위주로 경작행위를 하고 있습니다. 앙성면 관내에서는 복숭아 생산량 6위, 개발판매량 1위, 벼 생산량 13위를 하고 있지만, 다른 곡창지대 지역과 비교하면 작업

강도, 면적당 생산량, 생력화 상태 등이 부족한 상황입니다. 작업 강도와 생력화 상태는 차후 청년창업 농에 선정되어 관련 구매자금을 활용하여 생력화 기계를 구매하여 생력화율을 증대시킬 것입니다. 면적당 생산량의 경우 농촌진흥청, 종자원, 기술센터 등을 통해 동·냉해에 강한 묘목, 우수 볍씨 종자 개발에 협력(농촌진흥청, 지자체 기술 보급, 시범사업 등)하여, 단위 면적당 생산량을 증대시키는 연구에 동참할 것입니다. 이를 위해 종자기능사 자격증도 취득하였습니다. 우선, 드론방제단을 형성할 것입니다. 복숭아 과수원에서의 활용을 S/S기가 지속하고, 수도작, 콩 등 생력화율을 85%까지 높이기 위해 반드시 형성해야 할 조건입니다. 그뿐만 아니라, 드론방제단을 운용할 경우, 드론 조종 농업인에게는 일정의 수익을 창출하는 파이프라인을 형성시키게 되며, 농업인에게는 생력화로 인한 노동 감소 및 생산량 증대와 무균 벼의 생산으로 매출 증대에 도움을 주어 상생·공존하는 농업 생태계를 형성할 것입니다.

이를 통해 최종적으로는 고품질의 농산물을 생산하여 남녀노소 누구나 함께 하는 농업 공동체를 형성할 것이고, 5년 뒤에는 '통합 마을형 기업'으로 성장하여 행복한 농업 생태계를 조성하는 것입니다. 하지만, 끊임없는 노력과 연구를 했음에도 불구하고 불안정한 농산물의 가격 변동은 피할 수 없는 숙명입니다. 특히 식문화의 변화나 기상이변 등으로 농산물의 가치가 평가 절하될 때 일반적인 방식으로는 숙명을 벗어나기에 한계가 있을 것입니다. 이것은 앞으로도 발생할 많은 재해와 현재 유통구조의 문제점을 기존의 방식만 고집하면 해결할 수가 없다는 것입니다. 이러한 문제점을 타개하기 위해서 새로운 유통 시스템과 판매 방식의 변화를 위해 유통·마케팅 공부를 농업과 병행하여 융복합 산업까지 준비할 것입니다.

대한민국의 농업정책은 선진국과 비교해도 손색이 없기에 많은 정책과 제도의 혜택을 받으며 교육을 받게 된다면, 지금보다 더욱 발전된 농업인이 될 것이라 확신하기에 이 내용을 많은 청년 농업인들과 공유하고자 신청하게 되었습니다. 이러한 경험과 지식을 바탕으로 차별화된 농업인의 성공사례를 통해, 귀농·귀촌을 희망하는 예비 농업인에게 멘토가 되어 우수농업인 양성에 보탬이 되고 싶습니다.

박정윤

부산 남자, 전북 김제에서 스마트파머를 꿈꾸다

1. 농업인이 되기 전 하던 일, 영농종사 계기

반도체 산업에서 종사하던 저는 여느 평범한 직장인들과 비슷하게 살아왔습니다. 통근버스를 타고 회사에 도착해 업무를 시작하고, 업무가 끝나면 다시 집으로 돌아오는 날의 연속이었습니다. 안정적인 수입이 보장되고 전망이 밝아 보이는 반도체 산업에서 일했지만, 저를 힘들게 하는 몇 가지가 있었습니다. 그것은 바로 회사 상사의 기분을 맞춰야 하는 잦은 회식과 업무에서 이뤄낸 저의 성과가 여러 이해관계에 의해 제대로 인정받지 못하는 것이 그것이었습니다. 스트레스가 계속 쌓이고 회의감과 무기력증을 달고 회사 생활을 하던 중 우연히 동영상 사이트에서 스마트팜에 관한 영상을 보게 되었습니다.

영상 속 농업은 제가 생각했던 노지 농사나 비닐하우스 농사가 아니었고 ICT 기술을 접목해서 온실 관리를 자동으로 하는 스마트한 농사였습니다. 곧이어 5년 전 귀촌하신 아버지와의 대화 중 스마트팜에 대한 기억이 되살아나면서, 홀린 듯이 귀농과 스마트팜에 대해 알아보기 시작했습니다. "스마트팜 청년창업 보육 사업"에 대해 알게 되었고 반드시 사업에 선발되어야겠다는 목표를 가지고 계획을 세운 뒤 회사에 사직서를 냈습니다. 그리고 자신을 객관적으로 평가했을 때 농업에 대해 아는 것이 없다고 판단했고, 단시간에 농업 분야를 배울 수 있는 곳이 어디 있을까 찾아보았습니다.

뜻이 있는 곳에 길이 있다는 말처럼 저는 일주일 뒤에 육묘장과 수목치료, 종묘사를 통합해 운영하는 업체에 취직했습니다. 그리고 약 1년간 근무를 하면서 현재 저의 농업 자양분이 된 지식을 쌓아 나갔고 그 결과 2021년 "스마트팜 청년창업 보육 사업" 4기생으로 선정되었습니다. 농사와는 전혀 상관없는 삶을 살았던 제가 농업인으로서 첫발을 내딛는 순간이었습니다. 보육 사업을 시작하고 이론교육, 교육형 실습, 경영형 실습을 20개월간 장기간 교육을 받으면서 농업과 스마트팜에 대한 확신이 생겼습니다. 현재는 보육 사업을 수료 후 우수한 수행실적을 인정받아 임대형 스마트팜에 입주하여 영농을 이어가고 있습니다.

2. 영농과정의 좋았던 일, 어려웠던 일, 극복까지의 과정

6개월간의 선도 농가 실습으로 배운 것을 바탕으로 2022년 7월 1일, 500평 규모의 스마트팜에서 첫 영농을 시작했습니다. 육묘부터 시작해

재배한 작물을 판매까지 하는, 일련의 과정을 모두 경험할 수 있는 기간. 바로 '경영형 실습'의 시작이었습니다. 저를 포함한 4명의 '김제 청년 오이'팀은 작기에 맞춰 취청오이와 백다다기오이 재배를 하면서 오이의 매력을 알게 됐습니다. 감사하게도 제가 출하하는 오이가 경매에서 꾸준히 최고가격대를 낙찰받으면서 몸은 조금 힘들어도 즐겁게 일하는 원동력이 돼주었습니다.

자신감이 생긴 저는 2023년 3월 김제시 축제인 "꽃빛드리 축제"에 농산물 판매자로 참여를 하게 됩니다. 팬데믹 이후 김제에서 처음으로 크게 열리는 축제이니만큼 사람들이 많이 모일 것으로 생각했고 그분들께 오이를 평가받아 보고 싶었습니다. 첫째 날, 설렘과 긴장감을 가지고 시작했는데 처음 3~4시간 동안 판매량이 저조해서 매우 당황했습니다. 이대로는 안 되겠다 싶어 오이 시식을 할 수 있게 준비해서 적극적으로 홍보를 시작했습니다. 그때부터 사람들의 반응이 오더니, 축제에 가져갔던 오이가 다 팔리는 상황이 벌어졌습니다. 급하게 온실로 돌아와 수확한 오이를 모두 싣고 와서 판매했고 몇 시간 지나지 않아 모두 판매하는 쾌거를 이뤘습니다. 이튿날, 마지막 날까지 매일 수확한 오이는 모두 완판되었고 시식했던 소비자들의 반응도 좋았기 때문에 축제 참가는 그야말로 대성공이었습니다. 이렇게 행복했던 날도 있었지만, 처음부터 모든 것이 순조롭진 않았습니다.

온실 환경 관리를 위한 프로그램은 영어로 되어있어 진입장벽이 높았고, 언제 어디서 생길지 모르는 돌발변수들이 매일 발생했습니다. 그럴 때 제가 할 수 있는 건 단 하나. 문제를 정면으로 받아들이고 해결하는 것이었습니다. 컨설턴트, 관련 공무원, 경매사, 중도매인, 멘토와 함께 문제를 공유하고 최선의 방법을 선택해서 묵묵히 하는 것이었습니다.

그리고 그 결과는 생각했던 것보다 나쁘지 않은, 좋은 결과로 끝나는 경우가 대부분이었습니다. 영농은 나 혼자 하는 게 아닌 주변의 좋은 사람들과 함께 해나가야 한다는 것을 깨달았습니다.

3. 나에게 도움이 된 정보 또는 사업(후배에게 도움이 될 정보)

2023년에 수료한 "스마트팜 청년창업 보육 사업"은 인생 2막을 열게 해준 사업입니다. 전공 무관 스마트팜 영농기술을 배우고자 희망하는 만 18세 ~ 만 39세 이하의 청년이라면 누구나 지원할 수 있고 무료로 교육을 받을 수 있으며, 실습비까지 지원받아 사용할 수 있는 사업입니다. 입문 과정, 교육형 실습, 경영형 실습으로 구성되어 있고 교육과정마다 국내 최고의 현장 전문가분들의 지도를 받을 수 있다는 것이 큰 장점입니다. 타 단체, 기관에서 스마트팜 교육 관련 사업들을 하고 있지만, 20개월간 이뤄지는 '보육 사업'의 퀄리티를 따라올 순 없다고 생각합니다. 또한 수행실적 우수자를 대상으로 임대형 스마트팜 입주 우선권을 부여해서 초기창업의 어려움을 겪는 청년들에게 도움이 되고 있습니다.

현재 제가 영농을 할 수 있게 해준 사업은 "임대형 스마트팜 청년 농업인 선발" 사업입니다. 보육 기간에 서류, 필기, 면접을 통해 수행실적 우수자를 뽑아 입주 우선권을 주는데, 3년간 저렴한 임대료로 운영할 수 있습니다. 농업에 대한 정보를 얻고 3년 동안 재배 기술을 향상하고 창농시 필요한 자금을 모을 수 있는 중요한 시간이 될 것입니다.

마지막으로 지자체에서 하는 "귀농인의 집" 사업의 직접 혜택을 받는 저의 사례를 말씀드리겠습니다. 2021년 부산에서 김제시로 전입을 하

고 일반 원룸에서 지내고 있었습니다. 그런데 원룸과 혁신밸리와의 거리가 너무 멀고 만족스러운 생활환경이 아니어서 출퇴근 거리가 가까운 농가주택이나 빈집을 알아보고 있었습니다. 그러던 중 '김제시 귀농귀촌 협의회'에서 운영 중인 귀농인의 집을 알게 됐습니다. 귀농인의 집이란 빈집을 리모델링하여 귀농을 원하는 사람들에게 저렴한 비용으로 거주 공간을 빌려주는 사업인데, 정말 운이 좋게도 출퇴근 5분이 안 되는 거리에 귀농인의 집이 마침 공실 상태였고, 현재 4개월 넘게 잘 거주하고 있습니다. 마을에서 살다 보니 자연스럽게 마을 주민분들과의 교류가 생긴 것이 큰 장점입니다. 제가 키운 오이를 마을 분들께 드리면 포도나 사과를 감당 못 할 만큼 주시기도 하고, 그 지역 분들만 알 수 있는 토지를 알려주셔서 현재 사는 곳으로 정착하고 싶다는 생각이 들 정도로 만족하고 있습니다. 다른 지역에서 지방으로 귀농하신다면 꼭 추천하고 싶은 사업입니다.

4. 과거로 돌아간다면…. 이렇게 준비하겠다

농업을 시작하면서 어려웠던 부분이 농업 관련 기반 여건과 인맥의 없다는 것이었습니다. 만약 '내가 귀농 귀촌 교육을 받고 귀농을 차근차근 준비했다면 어땠을까?' 하는 생각을 하기도 합니다. 지자체의 귀농귀촌 교육사업은 귀농을 희망하는 도시인들에게 농촌의 현실적인 부분과 농사의 기초적인 지식을 알려줍니다. 그 과정에서 교육생들과의 인맥을 바탕으로, 정보를 공유하며 농업에 대한 계획을 실행해 나가는 것이 성공적인 영농을 이끌어 줄 것으로 생각합니다.

또한 영농과정에서 부딪혔던 어려움 중에, 스마트팜에서 키우는 오이에 대한 데이터가 적어서 생육 관리가 힘들었습니다. 대부분 노지에서 키우는 오이의 내용이 많았고 수경재배방식은 찾기가 어려웠는데, 작기가 끝날 때쯤 스마트팜코리아의 "데이터마트"를 알게 됐습니다. 전국의 스마트팜 농가에서 데이터를 수집하여 생육 정보, 농가 경영비, 온실 관리 등을 빅데이터 화하여 사용자에게 데이터를 제공하고 있었습니다. 실제로 데이터마트에는 오이에 대한 데이터가 많이 있었고 작기 중 어려움을 겪는 비슷한 순간이 있다는 것을 알게 돼서 빨리 알았다면 시행착오를 줄일 수 있었겠다고 생각했습니다. 스마트팜의 장점이 영농과정을 수치화할 수 있고, 데이터를 기반으로 적용이 쉽다는 점을 이용한다면 높은 수준의 생육 관리가 가능할 것입니다.

마지막으로 지역에 있는 청년농 커뮤니티를 잘 활용했다면 영농에 큰 도움이 되었을 것입니다. 청년농이라면 비슷한 고민하고 있는데 그 부분을 함께 공감해 주고, 영농에서 품앗이해준다든지 지원사업이나 농업 교육 같은 정보가 빨리 공유되는 장점이 있습니다. 제가 귀농했을 땐 커뮤니티의 존재 자체를 몰랐던지라 하나하나 몸으로 겪었는데, 지금은 청년 모임에 적극적으로 참여를 하는 만큼 만족도가 크고 청년농이라면 꼭 참여했으면 좋겠습니다.

5. 청년 농업인으로 이루고 싶은 나의 목표

2023년 현재 저의 목표는 고품질의 작물을 생산할 수 있는 각종 능력치를 올리는 것입니다. 환경관리, 생육 정보, 설비정비 등 스마트팜을 운영하면서 알아야 할 기본적인 것들을 모두 습득해서 몇 년 뒤에는 마이스터가 되고 싶습니다. 최종적인 목표는 예비 귀농인들에게 본보기가 될 수 있는 스마트파머가 되는 것입니다.

기후변화로 인해 세계농업에 많은 변화가 생겼고 자연스레 스마트팜의 중요성이 두드러지었습니다. 스마트팜은 노지 농사와 일반 시설원예에 비해서 안정적인 생산이 가능하기 때문입니다. 또한 과거의 농업현장보다 노동자 친화적인 시스템이 잘 갖춰져 있어서 많은 예비 청년농업인들이 스마트팜으로 창농을 하길 원합니다. 저는 현재 스마트팜영농이 가능하도록 기반이 정비된 농지를 지원하는 "농업스타트업단지" 입주 신청을 한 상태고 입주를 하게 되면, 스마트팜 시공을 하고 입주 후 5년부터는 교육과 체험, 가공식품 판매를 하는 6차 산업을 시작으로, 9-10년 차에는 it 회사와 협업하여 "온라인 스마트팜 분양", "메타버스 스마트팜 체험" 등을 실행할 목표를 가지고 있습니다. 1차 생산에만 머물러 있지 않고 더 많은 사람에게 스마트팜을 알리고 농업이라는 산업이 다른 산업보다 뒤떨어진다던가 촌스럽다는 인식을 고쳐나가고 싶습니다.

10년, 20년 뒤에는 농업의 현장이 어떻게 바뀔지는 쉽게 예상하기 어렵지만, 농업은 모든 산업의 근간인 만큼 농업인의 중요성은 더욱 드러날 것입니다. 단순히 돈을 버는 행위가 아닌 지역과 국가, 더 나아가서는 세계의 식량문제 해결을 위한 중요한 사람임을 가슴에 새겨 기후변화의 위기에 대응할 수 있는 인재를 육성해야 합니다. 청년농 3만 명을 만드는 지금의 정책과도 맞아떨어지는 부분이라 할 수 있겠습니다. 고품질, 고효율의 작물 재배를 바탕으로 성공적인 6차 산업을 이루어 예비. 청년 농업인들에게 본보기가 되는 사람이 되고 싶습니다.

또다시 봄

기대어 살다

이정석

제주 청년 농부의 성장동력, 제2의 대학나무 올리브!

"제주도에서 올리브가 자란다고?"

아직도 많은 이들에겐 깜짝 놀랄만한 뉴스거리인 제주 올리브. UAE에서 올리브나무 1,000그루를 선물할 정도로 한국 농업에 올리브 바람이 불기 시작한 가운데 한국 올리브의 기준을 만들어 나가겠다는 포부로 'JEJU OLIVE STANDARD' 농업회사법인을 설립했다. 어쩌다 내 인생에 제주 올리브가 이리 짜릿하게 박히게 됐을까.

코로나가 한창 퍼져가던 2021년 이른 봄. 햄스터처럼 빠르게 굴리던 쳇바퀴에서 내려와 단 한 걸음이라도 나의 길을 걷자는 다짐과 함께 4식구가 제주로 입도했다. 아이들이 초등학교와 유치원을 갑자기 친구

LIVE

도 없는 제주에서 시작하게 되어 걱정이 가득했지만, 언제 서울에서 지냈냐는 듯 자연에서 새 친구들과 함께 뛰어노는 모습을 보며 안도 반 기쁨 반 한숨을 내쉬었다. 제주의 자연과 사람에 익숙해져 갈 무렵, 조금씩 제주의 가능성이 눈에 들어오기 시작했다.

사실 갑자기 자연에 농사에 눈을 떴다기보다 서울 직장 생활을 하면서도 강원도로, 충청도로 은퇴 후 영농 생활을 위한 땅을 알아보러 다니며 여가를 보냈다. 그런데 눈만 돌리면 밭이고 과수원인 제주에 살다 보니 자연스레 농사를 짓게 된 것 같다. 지금 생각해 보면 자연의 매력을 이미 알고 있었던 플로리스트 출신의 아내가 옆에서 응원해주어 귀농의 무게감을 조금 덜어 즐거운 마음으로 시작할 수 있었던 것 같다.

제주는 감귤의 섬이다. 올리브를 선택한 이유이기도 하고, 감귤을 선택하지 않은 이유이기도 하다. 또한 제주도는 기후변화와 고령화로 인해 노지 감귤의 대체 작물을 발굴하고 있었다. 즉 제주도의 주 소득원이 될 새로운 작물, 제2의 대학나무가 필연적으로 떠오를 수밖에 없는 시기다. 제주도 전체로 퍼져나갈 수 있는 확장 가능성 큰 작물을 선정하고, 선점할 수 있는 목표를 세워야 했다. 그래서 특히 '지속가능성'과 '농업경영비' 측면을 중요하게 생각했다.

지속가능성은 시장의 규모로 확인하고, 농업경영비는 토지구매비,

가온 시설 설치 여부, 비료 농약 사용량으로 확인했다. 아무리 좋은 작물이라 할지라도 시장이 그것에 맞게 성숙하지 못하면 판로 부족으로 실패한다. 또한 귀농하여 토지구매부터 시작해야 하는 청년 농부로서는 가족의 토지를 물려받은 후계농이나 몇십 년 전 저렴한 가격으로 넓은 토지를 소유하고 있는 선배 농부와 같은 출발선에서 경쟁하는 것도 불리하다. 그리고 혹여나 흔들리는 판매가격에도 버티려면 농업경영비를 줄이는 것이 중요하다. 높은 소득만큼 높은 위험을 두고 가는 것보다 적절한 소득을 취하고 위험을 낮춰야 장기적인 안정성을 추구할 수 있다고 생각했다. 작은 땅에서도 가성비 높은 고부가가치의 작물을 찾아야 했다.

사전 조사를 통해 올리브유는 세계 식용유 시장 1위로 큰 수요층을 가지고 있고, 백화점에서 500mL 20만 원에 판매하는 프리미엄 시장도 커지고 있는 상황을 확인했다. 또한 기후변화로 십 년 전부터 제주도에서 아열대 작물을 재배하고 있고, 그중 올리브가 노지 월동할 수 있다는 사실을 농촌진흥청을 통해 확인했다. 망고, 파파야 등 다른 장점을 가진 아열대 작물도 있었지만, 시설설치비와 겨울철 가온 비용 등과 같은 경영비용 측면을 중요하게 봤고, 노지에서 재배할 수 있는 올리브의 경쟁력이 돋보였다. 잠시 유럽에서 공부할 기회가 있었는데 그때 거리 가로수나 로컬 시장에서 쉽게 접할 수 있었던 친숙한 아이템이라는 점도 영향을 미친 것 같다. 아무래도 실제 눈으로 보고 확인하는 시간이 큰 도

움이 되었는데 일본의 올리브 섬인 쇼도시마를 직접 탐방하여 건강하고 고급스러운 이미지의 올리브를 활용한 다양한 가공상품 및 체험 서비스 등 농촌 융복합사업의 가능성도 미리 엿볼 수 있었다. 그리고 선배 올리브 농부님들을 찾아뵈며 올리브의 약점과 어려움 등 현황을 파악했던 부분이 그것을 극복하여 강점과 가능성을 키워나갈 영농사업계획을 생생하게 작성하는데, 가장 큰 도움이 됐다.

"이봐 해봤어?"라는 현대 정주영 회장님의 말씀처럼 아무리 준비를 철저하게 한다고 해도 실제로 행동으로 옮기는 것은 많은 용기가 필요하다. 연고도 없는 지역에서 생소한 분야로 힘들어서 다들 회피하는 농업 분야에 도전하는 것이 용기만으로는 되지 않는다. 책임져야 할 가족이 있는 상황에서는 더욱 그렇다. 그때 제주특별자치도농업기술원의 '귀농창업 활성화 프로그램'이 큰 마중물 역할을 해줬다. 다른 귀농 관련 프로그램들은 사실 상상으로만 가능한 이론적 교육에 그쳤는데, 영농창업을 열심히 연구하고 구체적 계획을 수립한 초보 농부들을 선발하여 자신의 아이템으로 실제 도전할 수 있는 기회를 줬다. 지금 생각해보면 그때의 도전이 없었다면 지금의 성과는 허상이 되지 않았을까 싶을 정도로 영농창업의 첫 시작을 신나게 할 수 있었다.

제주 올리브 스탠다드의 첫 아이템은 그렇게 시작됐다. 제주의 고유한 정체성이 된 감귤과 새로운 도전이 될 올리브의 만남. 건강하면서 달고 짠 게 맛있는 올리브감귤잼을 만들었다. 사실 올리브잼이 처음 기획이었는데, 프로그램 강사님께서 새로움만 추구하면 기존의 고객들이 낯설어 시도하려고 하지 않는다는 조언을 주셔서 반영했다. 올리브로 다양한 상품으로 앞으로 제조해야 한다는 점과 각자의 전문분야에 충실해야 시너지 효과를 낼 수 있다고 생각하여 처음부터 OEM 제조로 방향을 잡았다. 제주의 원물로 가장 건강하게 잼을 만드는 업체를 수소문하여 찾았고, 올리브 절임과 가장 맛있는 맛을 낼 수 있는 레시피를 함께 연구했다. 하나의 제품의 일생은 제조로 시작하여 판매로 끝난다. 제조가 끝났지만, 막상 홍보와 판매를 하려고 하니 발길이 떨어지지 않았다. 다행히 농장에 소재한 제주서부농업기술센터에서 박람회, 플리마켓 등 다양한 농산물 프로모션 기회를 만들어 준 덕분에, 고객을 대상으로 블라인드 테스트를 하며 반응도 확인해보고, 감귤과 올리브로 함께 잼을 만들어 보는 시간도 가지며 감귤의 정체된 매력을 올리브의 고급스러운 이미지로 끌어올리는 마케팅 작업도 할 수 있었다. 올리브감귤잼은 이제 회사의 대표품목이자 효자 제품으로 자리 잡았다.

올리브감귤잼으로 영농창업의 세계에 입문했다면, 올리브잎말차는 한 단계 승급한 기분으로 개발한 제품이다. 누구나 만들 수 있는 편한 제품을 넘어, 우리만 만들 수 있는 올리브만의 강점을 더 잘 살릴 수 있는 제품이 필요했다. 케이크, 아이스크림 등 디저트 분야의 B2B나 새싹 보리를 물에 타서 마시는 B2C 시장을 타겟으로 몸에 좋은 폴리페놀 성분이 올리브유의 50배 이상 함유된 올리브잎으로 고급스러운 빛깔의 프리미엄 말차를 기획했다. 추운 겨울을 이겨낸 올리브나무의 싱싱한 첫 순을 손수 수확하고, 섬세하게 로스팅하여 만든 건강한 식재료. 식품뿐만 아니라 화장품 분야까지 다양한 적용이 가능한 원재료성 제품이라 안정적인 판로를 확보할 수 있다. 그런데 프리미엄 말차 제조에는 기술적인 접근이 필요했는데, 경제학과를 졸업하고 기획, 홍보업무만 해왔던 터라 제품 개발에 어려움이 많았다. 이번에는 농업기술원의 문을 먼저 두드렸고, 농산가공품 시장에 대한 전문적인 식견과 가공 노하우를 컨설팅받을 수 있었다. 타 분야에 노하우를 공유하지 않으려고 하는 분위기가 있어 개별 업체나 농장에서는 번번이 거절당했었는데, 농업기술원에서 적극적이면서 친절하게 제조공법을 함께 고민해주셔서 무사히 제품 개발을 마칠 수 있게 됐다. 500g 대용량 제품으로 시작했는데, 인기를 확인하여 현재는 1.5g 소용량 제품을 준비하는 중이다.

혼자 가는 것보다 함께 가면 멀리 갈 수 있다고 한다. 특히 외롭고 힘든 농업의 길을 가려면 동료가 필수다. 처음 귀농했을 때부터 네트워킹을 적극적으로 했다. 그래야 나약한 마음을 먹는 순간이 왔을 때 잡아주고 이끌어 주는 존재가 필요했다. 첫 번째 지지조직은 제주 4-H이다. 청년농부조직 중에 가장 역사가 깊고 대표성이 있는 조직이다. 특히 비슷한 세대들로 구성되어 있어 공감대를 형성하기 쉽고, 파이팅하는 분위기가 너무 좋았다. 다양한 작물을 키우는 농부들이 모여있기에 새로운 정보를 접하거나 콜라보레이션하기에도 최적의 환경이다. 봉사활동이나 체육대회도 하며 일에만 집중하는 삶에서 쉼과 활력을 주기에 워커홀릭 성향인 나에게 함께 즐겁게 농업 활동을 하도록 도와주는 가이드 역할을 톡톡히 해주고 있다. 두 번째 지지조직은 제주올리브연구회인데, 직접 창립했다. 뿔뿔이 흩어져 있던 올리브 농부를 모았다. 정기적으로 모여 재배 정보도 공유하고, 가공상품을 만들 때 가장 먼저 테스트해보는 시장이기도 하다. 특히 올해는 연구회원을 기반으로 '제주올리브영농조합법인'을 설립하여 공동브랜드로 홍보하고, 원물 수매 및 유통을 공동으로 추진하여 시너지를 극대화할 계획이다. 10여 년 동안 판로가 없어 막막했던 마음을 덜어냈다는 회원들의 소회를 들으며 뿌듯함과 책임감을 느낀다.

올리브는 100% 수입품이었지만 제주올리브유, 제주올리브절임, 제주올리브사이다, 제주올리브잎말차 등 다양한 올리브 제품의 국산화에 성공했다. 올리브를 사랑하는 많은 분들의 관심과 응원 덕분이다. 목표는 대한민국의 청정 화산섬의 햇살, 바람 그리고 흙에서 자란 건강한 K-올리브를 우리나라뿐만 아니라 올리브의 주산지 스페인, 이태리, 그리스와 같은 지중해 그리고 전 세계에 수출하는 것이다. 전 세계에서 유일한 제주다운 올리브로 세계의 입맛에 새로운 즐거움을 선사하고 싶다. 혼자서는 갈 수 없는 높은 산이다. 청년 농부들이, 올리브 농부들이, 제주 농부들이 농업지원기관들과 함께 힘을 모으고 묵묵히 걸어 올라가다 보면 제주 감귤이 꽂았던 깃발 그 너머의 정상에 제주 올리브의 깃발이 힘차게 나부낄 그 날이 올 것이라고 믿는다. 감귤이 그랬던 것처럼 올리브도 제주 농민들의 든든한 대학나무가 되어 지속 가능한 제주 농업에 이바지하길 기대한다. 귀농 이 년 차인데 벌써 이십 년 차처럼 적은 글이 부끄럽다. 하지만 내가 겪었던 어려움과 성장통을 많은 분의 도움과 응원으로 극복해온 이야기를 나눔으로 후배들과 동료들에게 다소나마 힘이 되길 바라는 마음이다.

대한민국 청년 농부 모두 파이팅!

이동우

학교폭력을 극복한 청년 농부, 지금은 치유 농장으로

1. 어린 시절의 아픔을 '농업'으로 극복

저는 어린 학창 시절 내성적이고 소극적인 성격으로 학교에서 왕따와 학교폭력으로 힘든 시절을 보냈습니다. 학창 시절의 아픔으로 장래희망은 사람을 만나지 않는 직업을 선택해야겠다고 생각했습니다. 그러던 중 농사를 지으시는 할아버지를 보며 '농업'의 생산성과 내가 노력한 만큼 결과물이 수확되는 모습을 보며 매력을 느끼게 되었습니다. 이를 계기로 농업을 목표로 학업에 매진하게 되었고 2014년 한국농수산대학에 입학하게 되었습니다.

2. 블루베리 작목 선택 계기

한국농수산대학에서 장기현장실습으로 정읍 블루베리 농장에서 근무하던 중 용접작업에서 자외선에 노출되어 안구 통증과 시력 손상 위기를 겪게 되었습니다. 이때 우리의 시력에 대해 소중함을 생각하게 되는 시간이었는데, 디지털기기에 쉽게 노출되는 현대인들의 시력과 눈 보호에 굉장한 효능이 있는 블루베리를 주요 작목으로 선택하게 되었습니다.

사람마다 선호하는 맛이 다르기에 상기인은 30가지 이상의 블루베리 품종을 재배하고 있으며 체험객과 소비자에게 그 다양성을 전하고 있습니다. 블루베리 큐레이팅 서비스를 통해 단맛, 신맛, 새콤달콤한 맛 등 이색적인 색을 가진 블루베리를 개발하여 소비자의 취향에 맞는 블루베리를 선택할 수 있는 서비스를 개발하였습니다.

3. 지역 농산물을 이용한 체험행사 개발 계기

학창 시절 사람들에게서 도망친 곳이 농사였지만, 농사를 통해서 재배한 작물을 고객이 맛있게 먹어주는 모습을 보며 큰 보람을 느꼈습니다. 그래서 좋아하는 이 농사와 농촌이라는 공간을 더 많은 사람에게 보여주고 나누어 주고 싶다고 생각하게 되었습니다.

17세에 농사를 꿈으로 선택하게 되었을 때 부모님의 반대가 심하셨다. 하지만 과묵하셨던 할아버지께서 해주신 응원의 한마디로 여기까지 올 수 있었다. 한국농수산대학을 졸업하고 고향으로 돌아온 그해, 가장 든든한 응원군이었던 할아버지께서 돌아가시고 마음을 다잡기 어려

웠습니다. 그러던 어느 날 마을 어르신들이 외로이 집에 앉아 있는 모습을 보며 농촌이 더 적막하게 느껴졌다. 그 적막했던 마을이 활기를 띤 순간은 바로 명절이었습니다. 명절을 맞아 도시의 가족들이 농촌을 찾아오며 웃음소리와 이야기 소리가 북적거리며 외로워 보였던 마을 어르신의 얼굴에 활기를 띠는 모습을 보았다. 이때 농촌에 활력을 불어넣기 위해서는 사람들이 많이 방문해야 한다고 생각했습니다. 도시를 찾아 많은 사람이 떠나는 구조이지만, 농촌은 다시 돌아오며 머물 수 있는 장소가 되면 좋겠다고 생각했다. 그래서 농촌에서 체험을 통해 머물고 싶은 땅, 머물고 싶은 농장을 만들어 보게 되었습니다.

4. 코로나19로 인한 어려움을 역으로 발돋움하게 된다

코로나19가 유행하면서 체험객이 줄어들자 이런 문제를 극복하고자 '한 팀으로 운영하는 코로나 안심 체험'을 시도하게 되었습니다. 기존 체험은 다양한 체험객을 모집하여 체험행사를 진행했다면, 코로나19로 타인과의 접촉이나 대면이 어려워지면서 체험객 한 팀만 단독으로 체험하는 프로그램을 개발하였습니다. 이런 코로나19 맞춤형 체험행사 개발 덕분에 소비자에게 인지도가 증가하게 되었고, 별도의 홍보비용 투자 없이 오로지 소비자의 입소문으로 전국에서 체험객이 방문하고 있습니다. 현재 90% 이상이 상주가 아닌 다른 지역 체험객이며 그 중 70%는 대구시에서, 나머지는 구미, 김천, 서울, 부산 등 전국 각지에서 체험객이 방문하는 전문 체험장으로 자리매김하게 되었습니다.

5. 내가 받은 것을 다시 베푸는 삶 실천

2018년부터 상주시 4-H 청년 농업인 단체로 활동하며 중덕저수지 주변의 방치된 자원을 활성화하기 위해 활동하고 있습니다. 중덕저수지는 상주의 연꽃 명소로 수질정화를 위한 습지와 생태탐방로가 조성되어있는 곳입니다. 하지만 관광객들이 중덕저수지를 방문하여 이 수려한 매력을 느끼지 않고 금방 돌아가는 모습을 보며 어떻게 하면 사람들이 오래 머물며 저수지의 매력을 느끼게 할 수 있을까 생각하였다. 여름철 저수지 주변에 그늘의 부족하다는 것을 알게 되었고, 중덕저수지 인근에서 농사를 짓는 청년 농부를 구성하여 함께 메타세쿼이아 나무를 기증해 심었습니다.

6. 농사로 얻은 희망 치유농업으로

졸업하고 학교 폭력은 더 이상 저의 이야기가 아니었습니다. 언론 자료를 통해 간간이 접하는 학교폭력, 왕따. 하지만 눈앞에 일들에 급급히 살아가는 한 명의 모습이 되었습니다. 그런데 2018년 어떤 기사를 접했습니다. 초등학생 6학년이 학교폭력으로 투신을 하였습니다. 유서에 이런 내용을 남기고 말이죠. "어른들은 좋은 말만 하는 선한 악마" 머리가 멍했습니다. 같다고 말할 수 없지만 비슷한 경험을 한 저에게 충격적인 문장이었습니다. 다행히 학생은 나뭇가지에 걸려 살았고 회복을 하였습니다. 이 사건을 계기로 농사를 짓고 있지만 어떻게 하면 어려운 학생들에게 도움을 줄 수 있을까 고민을 하게 되었습니다. 그러다 2021

년 청소년 심리상담사님을 만나면서 좋은 방향을 같이 나아갈 수 있었습니다.

상주교육청과 MOU를 체결하여 치유 농장을 운영하며 학교에서 고민하고 학업을 중단하려는 중고등학생을 대상으로 '학업 중단 숙려 예방제'라 프로그램과 스마트폰으로 가족관의 관계에 대해서 '스마트폰 예방 현재 집중하기 프로그램'의 치유 농장 프로그램을 운영 지원하고 있습니다. 스마트폰 중독으로 건강에 영향을 주는 스마트폰은 전혀 사용하지 않고 가족들과 농촌에서 현재에 집중할 수 있는 시간을 가지는 체험행사입니다. 저장성, 맛 등 시장에서 등한시되는 농작물의 품종 다양성에 대해 알아보며 농장에서 나만의 취향을 알아보고 버려지는 동물들과 교감하며 함께 치유하고 생각하는 시간을 학생들과 나누고 있습니다. 이를 통해 학생들은 먹거리 생산을 위한 농사와 달리 농업 활동 참여를 통한 즐거움과 사람과의 교감, 동물을 돌보며 성취감과 책임감을 향상하게 시킬 수 있습니다.

7. 소비자 맞춤형 농산물 홍보 및 판매

2016, 2017년 SNS 홍보 및 판매에서 실패 후 직접 농산물의 홍보와 판매를 발로 뛰게 되었습니다. 매년 6~7월 블루베리 수확 시즌이면 주말마다 유동 인구가 많은 시장에 출점하여 벼룩시장을 진행하고 있습니다. 초창기에는 블루베리를 몇 개 팔지 못해 기름값도 나오지 않는 경우가 다반사였습니다. 그래서 주변 부스의 농업인을 관찰하게 되었는

데, 2가지의 차이점을 알 수 있었습니다.

첫 번째는 플레이팅이었다. 농장에서 사용하는 포장 용기 그대로 플레이팅을 하면 소비자의 접근성이 떨어지게 된다는 것을 알게 되었고, 시각적으로 소비자에게 친근하게 블루베리를 플레이팅하니 소비자가 쉽게 접근하여 블루베리를 맛보게 되었습니다.

두 번째는 소비자 입맛 맞춤형 농산물 판매이다. 어느 날, 블루베리를 출점하였는데 한 소비자가 "이쪽 블루베리랑 옆집 블루베리는 왜 맛이 다르나요?"라고 질문했다. 블루베리는 품종, 수확시기마다 맛이 모두 다릅니다. 사람도 단맛, 신맛, 새콤달콤한 맛, 향, 식감 등 취향이 모두 달라 똑같은 품종의 블루베리를 먹을 때 누구는 맛있다고 말하고, 누구는 맛이 없다고 말합니다. 그래서 소비자의 나이에 따라 블루베리를 품종별로 나누어 취향에 맞는 큐레이팅 서비스를 제공하게 되었습니다. 30가지 이상의 블루베리 품종을 재배하기에 가능한 일이었습니다. 맞춤형 큐레이팅 서비스를 통해 플리마켓 초기에는 일일 매출 15만 원에 그쳤지만, 지금은 4시간 만에 완판을 기록하며 일일 250만 원 이상의 매출을 달성하는 쾌거를 이루게 되었습니다.

사람을 피해서 농촌으로 도망쳐 왔지만, 농사하는 과정을 통해 많은 희망을 얻었습니다. 직접 지은 농작물을 맛있게 먹어주면서 '고맙다'라

는 전화 한 통, 문자 한 통을 보내주신 덕분에 결국 사람으로 치유를 할 수 있었습니다. 그래서 한 평생 농사를 지으면서 '농사(農事) 아닌 농사(農死)'라는 생각으로 농사를 하며 받은 삶의 희망을 사람들에게 돌려주는 마음으로 농업에 평생 종사하고자 하며, 농촌의 농업 소득 증대에 선도적인 역할을 담당하고 있으며 블루베리뿐만 아니라 지역의 농산물을 이용한 다양한 체험행사를 개발하여 전국에서 체험객이 상주를 방문하여 우리 지역 농산물의 우수성을 알리는 데 크게 이바지하고자 합니다.

8. 사라지는 자원의 재발견

벌써 8년이라는 시간이 지나고 조금이나마 새롭게 농업에 관심을 가지시는 분들을 위해서 글을 적어봅니다. 운이 좋게 저는 복합적인 이유로 농사와 사람들이 오고 싶은 농촌을 만들자는 명확한 목표에 대한 계기를 얻을 수 있었습니다. 자본주의의 큰 흐름 그리고 빠르게 변화하는 트렌드라는 물결에서 우리는 어떻게 살아남을 것인가를 고민하였습니다. 비닐하우스로 처음 시작한 일을 코로나로 15일 만에 폐업하면서 더욱 그렇게 생각하였습니다. 코로나라는 시기가 있었지만, 사람들이 좋은 곳은 결국 찾아가는 모습을 보았는데요. 그런 장소의 특징은 다른 곳과 다르다는 생각이 들었습니다. 그래서 우리 주변에 사라지고 있는 농촌자원, 그리고 버려지는 주변 자원들을 활용하면 어떨까 생각을 하였습니다. 볏짚, 돌, 흙, 대나무, 처마 밑에 썩어가는 석가래, 도로 확장 공사로 베어내야 하는 나무 등을 말이죠. 그러면서 선진지를 200여 곳 이상 다니면서 느끼는데 핵심은 바로 예술성이었습니다. 미술관에서 쓰레기를 가지고도 작품들이 전시되는데 우리 농촌자원이라고 못할까였습니다. 그렇게 5년이라는 긴 시간 동안 자원을 수집하며 마을 주민분들 10명과 함께 15일을 작업하면서 상주의 특산물 '삼백(三白)'이라는 쌀, 명주, 곶감이라는 하얀색 특산물 3가지 주제로 공간을 꾸미게 되었습니다. 그러면서 치유농업으로도 연계하여 사라지고 지나치는 자원들에 대해서 메시지를 가져보는 시간을 가져보았습니다.

9. 조바심 나는 지원사업 그리고 농업 교육

처음에 농촌에 와서 지원사업에 관심을 가졌습니다. 옆에 있는 사람들은 지원사업을 받아서 일취월장하는데 왜 나만 사업을 못 받을까 생각을 했던 기억이 납니다. 하지만 4년 동안 시도를 하면서 청년창업농 교육을 받고 지속해서 듣다 보니 5년 차에 운이 좋게 청년 농부 기반 구축사업에 선정되면서 다시 일어설 수 있는 계기를 얻었습니다. 조급한 마음이었지만 성장하는 데 필요한 시간이 걸린다는 걸 알았으며, 연간 300시간 정도 교육을 들으면서 지금의 저를 지탱해주는 과정들이 있었다는 걸 돌이켜보게 되었습니다.

최근에는 지원사업에 대한 정보도 농업기술원, 시청, 농업기술센터 등 연초에 쉽게 정보를 홈페이지에 확인할 수 있어서 참고하여 준비하시면 창업이나 신규 사업 모델에 큰 힘을 얻을 수 있다고 생각하며 농업으로 꾸시는 꿈들이 꼭 이루어지시기를 기원합니다.

사명감이 필요한 힘든 길을 묵묵히 걸어왔고 가겠습니다 국가안보, 이제는 식량안보를 지키겠습니다

–예비역 대위 오농부

1. 농업인이 되기 전 하던 일, 영농 종사 계기

국토방위, 대한민국의 안보를 책임지던 육군 장교 이제는 대한민국의 식량안보를 지키러 왔습니다. 안녕하세요 "오대위"에서 "오농부"로 변신한 청년 농부 오훈민입니다.

저는 군에서 통신장교로 복무하며 부대의 통신 관련 업무 전반을 총괄 지휘했었습니다. 군에서 통신은 지휘관의 지휘 의도를 말단부대원까지 전달하는 데 중요한 역할을 합니다. 부대가 하나의 유기체처럼 움직일 수 있게 하죠. 지휘소 이동 시 항상 통신부대는 지휘관의 이동 경로에 통신망을 유지하고 지휘관이 있는 곳은 언제든 지휘통신이 가능하게 노력을 다한답니다. 제가 맡았던 보직들은 늘 중책이었습니다. 스트레스도 많았지만, 인정도 많이 받았고, 보람도 있었죠. 장교라는 직업도 사명감이 필요한 멋진 직업이었습니다. 하지만 경제적으로 그리고 시간상으로 좀 더 여유롭고 자유롭게 살고 싶은 마음에 전역을 마음먹게 되었습니다.

농업은 언젠가는 하고 싶은 일이었습니다. 전역 후 군 관련 사업을 준비하고 있었는데요. 친구의 권유로 스마트팜을 접하게 되었습니다. 관련 기술인 ICT가 제 전공과 겹치는 부분이 많아서 관심이 가더군요. 관련 내용들을 찾아보니 이상기후로 인해 앞으로는 기후의 영향을 가장 덜 받는 스마트팜이 농업에서는 대세가 될 것 같다는 생각이 들었어요. 막연히 나의 노후는 한적한 시골에서 보내야겠다는 생각, 농업을 그 정도 수준으로만 생각하고 있었던 저에게 아주 도전해볼 만한 과제가 생겼던 것이죠. 거기에 더해 결정적으로 제가 농업에 뛰어든 것은 정부의 청년 농업인 육성정책이었습니다. 전역하던 해, 2019년은 정부에서 청년 농업인 육성에 열을 올리고 있는 시기였습니다. 파격적인 육성정책들이 쏟아졌고 저의 귀농 계획은 조기 실현되었습니다.

2. 영농과정의 좋았던 일, 어려웠던 일, 극복까지의 과정

저의 첫 귀농지는 경상북도 의성군이었습니다. 당시 의성군 스마트팜 창업 교육이라는 프로그램이 있었는데요. 친동생과 함께 참가하게 됩니다. 1~3년간 딸기 스마트팜에서 창업 교육 및 실습을 진행하고, 일부 보조금과 대출을 통해 의성군에 정착하는 프로그램이었는데요. 영농창업을 진행하기에 자본금이 부족하여 저의 첫 귀농은 실패로 돌아갑니다.

하지만 농업을 포기할 순 없었습니다. 적은 자본으로도 농업을 시작할 수 있는 방법을 찾아보았죠. 충남 당진의 청년 임대형 스마트팜을 찾게 되었고 전국 공모사업에 선발되어 제 농사를 시작하게 되었습니다. 너무나 좋은 조건에 마냥 잘될 것만 같았습니다. 하지만 실제 농사를 시작하고 보니 현실은 녹록지 않았습니다. 무척 힘들었어요. 모든 것이 낯설었죠. 손에 익지 않은 농작업에 속도가 나지 않아 매일 야간작업의 연속이었어요. 아침에 씻지 못하고 출근을 하는 날이 태반이었죠.

뿐만인가요? 폭락하는 농산물 가격에 한 푼이라도 더 벌고자 무작정 나가서 길거리에서 판매도 했었어요. 처음 해보는 노점상이었습니다. 처음에는 쭈뼛쭈뼛 말도 잘하지 못했었는데요. 자리가 사람을 만든다는 말이 있잖아요? 어느새 지나가는 사람마다 붙잡고 말을 거는 저를 발견할 수 있었습니다. 청년 농부가 고생한다며 5박스 6박스씩 사주시는 분들도 계셨는데요. 얼마나 고마웠는지 몰라요.

생산, 선별, 포장, 유통, 마켓팅까지 1년 차 초보 농부가 모두 하기에는 벅찬 일들이었죠. 하지만 포기하지 않았어요. 왜 그런 줄 아세요?

포기하지 않고 농업을 꾸준히 할 수 있었던 것은 사람이었어요. 주변 사람이었죠. 경제적으로 정말 힘들었던 귀농 초기를 주변 사람들의 도움으로 잘 극복할 수 있었습니다. 마을 이모님이 일손이 되어주셨습니

다. 우체국 직원분들이 택배 업무를 도와주셨습니다. 마을 이장님이 힘내라고 삼겹살을 구워주셨고요. 마을 주민들에게 팔아주셨어요. 연초에 고향에 내려가지 못한 청년들을 위해 신정에 장로님께서 치킨파티를 열어주셨습니다. 저는 고향이 부산이에요. 부산에서 당진으로 귀농했지만 타지 사람이라고 배척하지 않고 청년이라고 반겨주셨어요. 이 맛에 귀농하는 거 아닐까요? 사람 냄새 진하게 나는 이곳, 저는 당진이 좋습니다.

열심히 한 저의 노력을 알아주신 걸까요? 23년 충남 우수 청년 농부로 선발되기도 하였습니다. 정말 영광스러운 순간이었습니다. 그뿐만 아니라 온라인쇼핑몰도 인기를 얻어 생산되는 60톤가량의 토마토를 전량 온라인으로 판매를 했고요. 유튜브 촬영도 했는데 조회 수 8만 이상을 기록하였습니다.

제 농촌 생활을 돌아보니 정말 많은 도움을 받았네요. 사실은 언급하지 못한 분들이 더 많습니다. 모든 분에게 감사의 말씀을 드리고 싶습니다.

3. 나에게 도움이 된 정보 또는 사업(후배에게 도움이 될 정보)

첫째, 청년후계농 제도를 반드시 활용하세요. 매달 들어오는 바우처비는 초기 영농 정착 시 대단히 큰 도움이 됩니다.

둘째, 보육 사업을 최대한 활용하세요. 영농지식이 전혀 없다면 농사를 배워야 합니다. 실습 수당을 받으면서 배울 수 있는 곳을 찾아보세요. 4개 도의 혁신밸리 사업이나, 충남에서 진행하는 스마트팜 청년창업 교육을 추천해 드립니다.

셋째, 위 사업들을 통해 재배 기술이 갖추어졌다면 임대형 온실을 찾아보세요! 지자체에서 저렴하게 임대하여 농사해볼 수 있는 시설이 있습니다. 당진의 청년 임대형 스마트팜을 추천해 드립니다. 현재 제가 입주해 있는 곳이고요. 벤로형 온실 2,500평 기준으로 1년 150만 원이라는 비용으로 농사를 시작해보실 수 있습니다. 가능한 작물은 완숙 토마토, 방울토마토, 딸기입니다. 임대형 온실은 3년간 임대를 하실 수 있습니다. 3년간 농사를 지으면서 목돈마련, 판로 그리고 재배 경험이 축적하시길 바랍니다.

넷째, 지자체의 온실 시공 지원사업을 활용하세요. 충청남도는 청년 농업인들에게 4.5억(70% 보조/30% 자부담) 규모의 보조사업 혜택을 제공하고 있습니다. 지자체마다 규모는 다르지만 온실 시공 지원사업이 분명히 있을 것입니다. 활용하세요.

그렇게 내실을 다져가면서 충분한 고민을 하시기 바랍니다. 고액의 투자금이 들어가는 농업은 한번 시작하면 빠져나오기가 힘듭니다. 내가 이일은 20년, 30년 해도 좋을 것 같다는 확신이 들 때까지 창업은 미루시길 권장해 드립니다. 농업을 최소 3년 이상은 경험해보고 투자를 하시길 당부드립니다.

4. 과거로 돌아간다면…. 이렇게 준비하겠다

저는 2019년부터 농업에 뛰어들어 아직 제 농장은 없고 임대 온실에서만 농사하고 있습니다. 당진 임대형 스마트팜에서의 마지막 3년 차 농사를 진행하고 있습니다. 그리고 농사가 끝난 뒤에는 제 온실을 지을 계획을 세우고 있고요. 저는 참 느리게 걸어온 것 같아요. 느렸던 만큼 더 단단하고 옹골차게 성장한 것 같습니다. 과거로 돌아가도 지금처럼 내실 있게 농업을 준비할 것 같습니다. 저의 영농창업 준비는 최적의 경로로 준비해 왔다고 생각합니다.

5. 청년 농업인으로 이루고 싶은 나의 목표

열정과 에너지가 넘치는 청년 농업인! 우리의 역할은 단순히 농사만 하는 것이 아니라고 생각해요. 늙어가는 농촌, 죽어가는 농촌의 활력을 불어넣는 것 그것이 우리 청년 농업인들의 역할이라고 생각합니다. 제가 농업을 하는 이곳, 농촌을 더욱 살기 좋은 곳으로 만들고 싶어요. 그래서 몇 가지 목표를 가지고 있습니다.

첫째, 사회적 농업을 통해 지역에 이바지할 것입니다. 농사하며 저희 온실에 일해주시는 주민분들을 뵙고 얘기를 나눕니다. 많은 분께서 일상의 무료함을 느끼고 계셨어요. 하나같이 하시는 말씀이 스마트팜에서 일을 좀 하고 싶다. 악성 노동이 많이 배제된 온실이다 보니 할머니들께서도 충분히 할 여건이 되시고, 더욱이 식물을 다루는 일이다 보니 심적으로 굉장히 안정된다고 하셨어요.

저는 3명의 청년 농업인들로 구성된 법인으로 3ha 정도의 온실 신축 계획을 가지고 있습니다. 20명 정도의 고용이 발생하게 될 것이고요. 모두 지역 주민들로 받을 생각입니다. 경제적으로만 생각한다면 생산비 절감을 위해 외국인 근로자를 고용하는 게 맞습니다. 하지만 제 농업은 돈만 벌기 위한 농업이 아니기에 지역 주민들과 함께 할 것이고, 그들에게 안정적인 고용과 우리 농장의 지속적인 농업을 위해 마케팅, 재배 기술 향상 등 다른 부분에서 제가 역량을 더 발휘할 것입니다. 함께 만들어가는 농촌, 농장이 제가 원하는 농업입니다.

둘째, 지역농산물 유통을 통해 농민들의 소득을 높여드릴 겁니다. 많지는 않지만 생산되는 모든 농산물은 온라인쇼핑몰을 통해 판매하고 있습니다. 이런 저의 온라인 유통 능력을 활용하여 지역 농민분들의 농산물을 좀 더 좋은 가격에 팔아드리고자 합니다. 지역 농민분들의 소득이 높아지면 더욱 살기 좋은 농촌이 될 것으로 생각합니다.

셋째, 농산물 가공 사업을 통해 농산물 소비를 증진하게 시킬 겁니다. 재배 기술은 나날이 좋아지고 청년 농업인들도 많이 늘어나고 있습니다. 농산물의 과잉생산이 개인적으로 우려됩니다. 제 걱정에는 수출 그리고 내수시장의 농산물 소비증대 2가지 해결방안이 있습니다. 농산물 가공을 통해 내수시장에서 농산물의 소비를 증대시키겠습니다.

넷째, 귀농 컨설팅을 통해 안정적인 귀농을 장려할 것입니다. 저의 성공적인 영농창업 경험을 바탕으로 귀농하시는 분들에게 토지 구매부터 온실 시공 원스톱으로 컨설팅해드리고자 합니다. 귀농인들 실패 원

인 중 가장 큰 이유가 모르고 하우스를 짓기 때문입니다. 경험이 부족한 귀농인들을 속이려는 사람들도 많고요. 그런 분들에게 귀농 길잡이가 될 것입니다. 그뿐만 아니라 비료, 농약 등 농자재를 공동 구매하여 저렴하게 확보하여 생산단가를 낮춰드릴 것입니다. 생산되는 농산물도 저의 유통망을 활용해 경쟁력 있는 가격을 받게 해드릴 것입니다. 그렇게 처음 농사 시작하시는 분들의 안정적인 영농창업은 물론, 경영비를 절감하고 안정적인 소득을 제공함으로 힘든 시기를 없애 행복한 영농을 시작할 수 있게 해드리겠습니다.

이러한 활동들을 통해 우리 농업을 살리고 농촌에 활력을 찾을 수 있게 할 것입니다. 작게는 제가 지내고 있는 우리 농촌을 더욱 살기 좋게 만들고 나아가 크게는 우리 농민이 인정받고 대한민국의 농업이 세계 시장을 선도하는데 일조하는 청년 농부 사업가가 되는 것이 제 최종목표입니다!

강윤영

SMART 품앗이, 지속 가능한 농장을 꿈꿉니다

농촌의 현장, 아주 싱그럽습니다. 연한 연두, 초록, 짙은 녹색 등 온갖 푸르름이 맞이하는 공간입니다. 곡식이 익어가는 노란 계절, 열매가 익는 붉은 계절 등 시간의 흐름에 따른 끊임없는 농촌 이야기는 오늘도 지속되고 있습니다. 농촌은 자연과 함께합니다. 그래서 농업인들은 늘 자연의 온도, 물의 흐름, 흙의 영양 상태 등 고루고루 살펴봅니다. 내 농장에 자랄 농작물을 선정한 후 그에 따라 건강하고 튼튼하게 작물이 자랄 수 있도록 돌봄이 시작됩니다. "큰아버지, 오늘 하우스에 비닐 벗겼어요. 줄도 잘 안 풀어지고 손가락에 물집 다 잡히가꼬 아파요!" "에헤이, 그거 줄에다가 요리 힘을 실으면 손에 힘 덜 간다. 미리 물어보고 할끄 아이가." 농촌은 내가 잘하는 것보다 우리가 함께 잘해야 하는 장소이기도 합니다.

농촌은 특별한 전통이 있습니다. 바로, 품앗이입니다. 시기와 계절을 가리지 않았습니다. 혼자 하기 힘들 때 수시로 품을 나누고 얻었습니다. 노동력 교환으로 이뤄졌기 때문에 삯이 들지 않았습니다. "옛날에는 말이다. 벼 심는 게 윽시로 큰일이었다. 동네 사람들 다 모이가꼬 요 줄을 기준 삼아가. 니나 할 것 없이 나란히 서는기다. 모두 요리 한 줌씩 지아가꼬 꼬옥꼬옥 눌 리가 모 심었는기라. 다 하고 나면 집주인이 그득하게 한 상 차리 나오는기라. 그래 목 축이고 배 축이고 다음 날은 도움 받았던 집에 가가꼬 일해주는 기라. 얼마나 재미있었는데…." 일 많고 사람 많았던 농촌 생활에 품을 나누는 일이었습니다. 어르신들은 품앗이를 즐거움으로 말씀하셨습니다. "참 아쉬운기라. 사람들도 마이 없고…." 그렇게 농촌의 "품"앗이는 젊은 외국인의 노동 값으로 대체되었습니다.

변했습니다. 시대는 변했습니다. 농촌, 예전 어른들의 품앗이 형태가 요즘엔 다르게 정의되고 있습니다. 유아품앗이, 문화품앗이, 1인 가구의 식생활 품앗이 등 예전은 품이란 노동력 교환의 형식이었다면 이제는 다양한 형태로 서로 간 이해가 존중되는 작은 사회에서 무엇을 교환하는 시대로 전환되고 있습니다. 제가 앞으로 만들어가고 싶은 농장은 품을 넘어 지속해서 자기 능력들을 꾸준히 교환하는 형태입니다. 이것을 스마트 품앗이 농장이라 부를 겁니다. 지속 가능한 농장은 누구나 언제나 함께하는 공간입니다. 결국엔 예전 농촌에서 비용을 들이지 않고

품을 나눌 수 있었던 것은 서로 간 동일한 경제, 사회, 문화적 환경에 의한 이해를 바탕으로 이뤄졌기 때문입니다. 이를 위해 삶을 공유하고 문화를 나눌 수 있는 새로운 공간으로 농촌이 활용되기를 기대합니다. 그래서 함께함이 낯설지 않은 공간, 함께해야 즐길 수 있는 무대가 되길 꿈꿔봅니다.

저는 올해 2월 완전한 귀농을 했습니다. 농촌과 농업을 공부하고 싶어 무작정 서울로 향했고 그렇게 오랜 기간 타향살이를 했습니다. 농촌으로 돌아오고 싶었던 가장 큰 이유는 정이 듬뿍 담긴 품앗이로 함께 일하고 함께 생활하고 웃을 수 있는 공간이었기 때문입니다. 부모님과 다른 시대를 살았던 저는 농촌에 적응하는 데 시간이 걸렸습니다. 하지만 서로를 이해하고 농촌 문화에 녹여내기 위해 저는 배워야 했습니다. 농촌 전통문화인 품앗이를 배워야 했습니다. 내 것만 해서는 농촌에서 견디기가 힘듭니다. 먼저 부모님의 농사부터 주변 농가에 까지, 그리고 어르신들의 도움을 받기도 합니다. 그렇게 농촌 어른들이 필요한 물건과 정보들을 전달해드립니다. 저는 노동력을 받고 농사 기술을 받으며, 지역 주민들에게는 문서작성과 한턱내기, 노동력으로 서로가 잘하는 것들을 주고받으며 농촌 생활을 해내고 있습니다.

농촌은 줄어들었습니다. 사람도 토지도 줄었습니다. 경제성장은 사람들을 도시로 이끌었고 토지를 개간했습니다. 농촌을 위한 공간이 아니라 도시를 위한 공간으로 그렇게 바뀌었습니다. 인기도 사라졌습니다. 하지만 농촌은 견뎌져야 합니다. 이는 도시에서 살아가는 사람들이 안정적으로 먹거리를 공급받기 위해, 쉼을 얻기 위해, 자연과 함께함을 누리기 위해, 새로운 산업의 발전을 위해서입니다. 도시가 살기 위해서는 농촌이 살아야 하며, 농촌이 살아가기 위해서도 도시가 필요합니다. 즉, 서로 간의 필요로 교환이 작용하는 거대 단위의 품앗이 격인 셈입니다. 단지, 기억하지 못할 뿐이었습니다.

우리는 스마트한 세대 속에 삽니다. 똑똑함이 충분한 것 같은데도 더 똑똑해지기 위해서 노력합니다. 농촌에서도 그 바람이 불어와 스마트 농업에 대한 확산의 물결이 일고 있습니다. 하지만, 기술의 큰 거대한 산을 아무런 가공업이 옮기려고만 하는 것 같습니다. 기술로만 치장된 거대한 물결이 비용이라는 거대 풍파를 앞세우며 기존 농가들에 외면받기도 합니다. 과거-현대-미래의 농촌이 함께 묶인 기술이 전달되었으면 합니다. 새로운 것을 앞세우기 전 예전 것들을 활용해 먼저 농촌 실정에 스며들 수 있어야 합니다.

이제, 지속 가능한 저만의 SMART 품앗이 농장을 소개해보고자 합니다. SMART의 첫음절 S는 Scale(규모)입니다. 규모 확장입니다. 한국 농가의 가장 고질적인 문제가 바로 소농, 작은 크기의 농장입니다. 나만의 작은 농장을 이루다 보니 이웃집 소식을 듣기도, 힘을 모으기도 힘들었던 시기가 많았습니다. 농촌은 함께 살 수 있어야만 유지할 수 있습니다. 옛날 품앗이는 서로의 노동력을 나눔으로 공동체를 형성해나갔습니다. 하지만 현대사회는 지식, 기술, 브랜드 등 다양한 부문에서의 결합을 통한 규모 확장으로 농장 경쟁력의 다양한 분야가 접목되어야 하는 시점입니다. 혼자만의 농장이 아닌, 감자네 농장, 딸기네 농장, 참외네 농장 등 농업경영인들과 함께 모여 의논하고 경영할 수 있는 자율적인 농촌 품앗이 연합체를 만들고 싶습니다.

M: Meet(만남)입니다. 만나야 합니다. 누구를 만나야 할까요? 바로 농촌에 대해 알고 싶어 하는 사람, 농촌이 있어야 하는 사람, 쉼 또는 힐링을 원하는 사람, 도시문제의 해결책을 농촌에서 찾으려 하는 사람 등 농촌자원을 활용하고자 하는 사람들과의 만남입니다. 때로는 고객이 될 수 있고, 때로는 농촌의 공간이 필요한 예술가, 사업가, 정부 등 다양한 사람들과의 만남입니다. 농촌이 있어야 하는 사람이라면 누구든지 언제든지 올 수 있고 만날 수 있고 소통할 수 있는 공간으로 만들고 싶습니다. 그리고 어떤 것들을 나누고 도울 수 있는지 새로운 형태의 품앗이를 제안하고 들을 수 있기를 바랍니다.

A: Ask(질의)입니다. 더 나은 농장을 위해 더 나은 마을을 위해 그리고 더 나은 농촌을 위해 끊임없이 질문합니다. 그리고 공부하며 연구합니다. 농촌, 공부해야지만 살아갈 수 있습니다. 농업기술은 현장 전

청년농업인4-H 연합회 홍
농업의 미래! 농촌의 희망!
사진으로 만나는 밀양시 청년농업인4-H회
밀양시 청년농부
4-H 연합회
해보라고_농업님, 와보라고_농촌님 외 2023명이 좋아합니다
#밀양시_청년농업인_4H연합회 #밀양아리랑대축제
#밀양시농업기술센터 #청년창업농 #눈뜨면_농사
#청년농부 #농부 #함께하는_농사 #배려하는_농사
#햇살문화도시 밀양
100%주스

문가분들에게, 우수한 국내 농산물의 수출은 국가기관과의 연합으로, 시대 변화에 따른 스마트 농업의 적용한 기술은 국내 연구기관, 학교 등의 자문으로, 해외 유명 농산물 재배는 해외 농가, 기관에 지속해서 질문하도록 하겠습니다. 또한, 농업과 농촌 그리고 도시에 대한 끊임 없는 호기심과 아이디어로 지속 가능한 농업과 농촌을 발견하도록 노력하겠습니다.

R: Reach(도달)입니다. 목표에 대한 도달입니다. 품앗이 연합체 회원들의 개인적 목표와 농촌 품앗이 연합체의 공동목표입니다. 개인의 꿈은 모두 같을 수 없습니다. 공간과 활용 재원만 농업과 농촌에 있습니다. 마음껏 개인들의 목표를 기획하고, 공동으로 이룰 수 있는 부분들로 나눕니다. 그리고 공동목표를 함께 돕고 함께 세워갑니다. 제가 바라는 미래 농업형 품앗이의 최종목표이기도 합니다. 세상은 내가 살기 위해 남을 이겨야 하는 경우가 많지만, 이곳에서는 내가 살아남기 위해 너를 살려야 합니다. 그래야지만 우리가 오랫동안 머물 수 있으며 농촌은 지속될 수 있습니다.

T: Tell(알림)입니다. 농촌과 농업은 많습니다. 자원들이 많습니다. 단지, 묻혀 지냈을 뿐입니다. 자연을 벗 삼아 경제활동을 하고 자연에서 놀거리를 찾고 자연을 여행 삼아 지금껏 일궈오신 분들, 현재 농업인들이십니다. 도시에 비해 화려하지는 못했습니다. 그래서 주목받지 못했

습니다. 하지만 건강, 힐링, 자연에 대해 갈급함을 통해 농촌은 새로운 조명을 받기 시작했습니다. 봄, 여름, 가을, 겨울 시간의 흐름을 가장 확연히 구분할 수 있는 공간이기도 합니다. 하지만 아직 농업인들을 통해서 울려 퍼지는 농촌 소리는 희미할 뿐입니다. 농촌의 가치, 농업의 가치 그리고 농업인들이 소망하고자 하는 바를 발견하고 알리도록 하겠습니다.

농촌으로 돌아오기 위해 오랫동안 준비를 했습니다. 베트남, 미국, 서울 등 다양한 공간에서 농촌과 농업에 대한 시야를 키워냈습니다. 이제는 농촌을 마주 대하며 오랫동안 제가 머물 공간이 되어주기를 바라며, 꿈꾸는 저만의 농장을 만들기 위해 고군분투하고 있습니다. 머리로 습득한 지식 이제는 몸으로 체득해야 하는 지식을 바꿔가고 있습니다. 새벽에 일어나야 합니다. 그리고 해가 질 무렵에 일하러 나갑니다. 농작물의 생육상태에 따라 저를 맞춰가는 방법을 배우기도 합니다. 혼자였으면 배우지 못할 것들을 함께함을 통해 어른들의 지혜를 차곡차곡 채워나갑니다.

경제가 발전할수록 "우리"라는 단어보다 "나" 중심의 사고체계 확립이 강해졌습니다. 하지만 농촌은 나보다 우리로 시작했고 함께라는 단어로 삶의 방식과 문화가 형성됐습니다. 6차 산업, 산업 간의 융합이 중요한 시대에 살고 있습니다. 융합이라는 말을 다르게 나눠서 보면 결합을 의미합니다. 산업과 산업의 결합, 사람과 사람의 결합, 문화와 문화의 결합 등 전혀 다른 모습의 산업이 아닌 기존 산업들의 재결합을 통해 새로운 가치를 창출해내는 모습입니다. 농촌에서 융합이라는 새로운 단어가 그려지기 위해 우리가 가장 우선시 되어야 하는 모습이 서로가 배우고 나누고 협력할 수 있는 예전의 그 품앗이 모습이 아닐까 생각합니다. 배가 든든해야지 무슨 일이든 할 수 있다는 선조들의 말씀. 우리는 경제성장에만 몰두한 채로 농업, 농촌의 그 가치를 잊어버리고 살았습니다. 내가 배부를 수 있도록 그래서 더 안정적인 생활을 만들어주는 공간. 새로운 사람들과 함께 어울림으로 웃음이 가득한 농촌이 되었으면 합니다. 현재 농촌은 이곳 어르신들을 통해서 만들어졌고 유지될 수 있었습니다. 이제는 SMART 한 품앗이로 다양한 세대가 함께 모여 미래의 농촌이 더 멋있고 아름답게 만들어 갈 수 있도록 기대해봅니다.

김원

나는 농부였고, 앞으로도 농부이다

1. 농업인이 되기 전 하던 일, 영농종사 계기

특별한 선택과 철없는 이유

2013년 한국농수산대학 정문을 통과한 것이 나의 농업의 시작이었다. 왜소한 체격, 적당한 성적, 특별한 것 없었던 나는 처음으로 특별한 선택을 했다. 내가 고3 때는 한창 취업난에 관한 이야기가 많이 돌고 있었고 막연히 지방 국립대에 들어가기보다 빠르게 방향을 잡고자 했다. 솔직히 이렇게 깊이 생각하지 않았던 것 같기는 하지만 그렇게 삽질 한 번 제대로 해보지 못했던 나는 한국농수산대학에 입학하게 되었다.

학교는 재미있었다. 책상에 앉아서 하는 수업보다 실습으로 배우는 수업이 많았고 농업에 문외한이었던 나에게도 농업 지식이 쌓이고 2학년 농장 실습을 나가 현장에서의 농업을 배우기도 했다. 이렇게 하나하

나 쌓여 농업에 대한 꿈을 꾸기 시작했다. 내 농장을 꾸미고 운영하는 상상을 하고 재배 작물을 진지하게 고민도 하고, 아버지가 부업으로 가꾸고 계시던 사과대추 과수원(농장에 간 것이 손에 꼽는다.)에 일도 도와드리기 시작했었다. 내가 일하고 가꾸고 만들어가는 모든 것이 온전히 내 것이 된다. 정말 매력적인 일이다. 아직 농장을 운영한다는 책임감과 불안감을 모를 때여서 아름다운 꿈을 꾸며 농업인이 될 준비를 했다.

내가 농업에 관심을 가져 한국농수산대학에 입학한 이유는 2가지였다. 첫째는 농업에는 농한기가 있다. 나는 여행 다니는 것을 좋아했다. 농사를 지으면 겨울철에 여행을 다닐 수 있다는 말을 들었다. 이때는 몰랐다 농한기가 있지만, 주말이 없다는 것을…. 둘째는 평생직장인데다가 상사도 없이 내가 사장이라는 점에서였다. 직장 내 사회생활도 안 해도 되고 눈치를 안 보고 일할 수 있는 근무 환경 등이 어린 나이에는 막연히 좋은가 보다 했다. 지금 생각하면 두 가지 이유 모두 철없고 한 치 앞도 못 보는 생각이었다. 하지만 고3 때 처음으로 했던 특별한 선택과 철없는 이유, 어린 대학생의 막연한 꿈들이 지금의 나를 만들었다. 다른 방향을 보기에는 그때나 지금이나 농업이 너무 매력적이다.

2. 영농과정의 좋았던 일, 어려웠던 일, 극복

고진감래

농업도 사업이다. 솔직히 8년 차 농업에 종사하면서 가장 좋았던 기억은 내가 재배한 작물이 잘 팔려서 돈을 벌었을 때이고 가장 어려웠을 때는 작물을 원하는 대로 키우지 못해 경제적으로 어려움을 겪었을 때이다. '농사는 하늘이 짓는다.'라는 말이 있을 정도로 농업은 날씨의 변수가 크게 작용한다. 8년간 농업에 종사하면서 여러 번의 어려움이 있었다.

한번은 노지 애플수박을 재배했을 때이다. 처음 재배해보는 작물이라 재배의 어려움도 있었지만, 무사히 성과물이 나와서 수확만을 기다리고 있었을 때 일기예보에 비가 잡히기 시작했다. 하루, 이틀, 삼일, 내리 5일이 넘게 비가 오면서 수박이 물을 먹어 터지기 시작했다. 급하게 작업반에 부탁해서 비가 그치자마자 이슬비를 맞으며 수확을 시작했다. 이미 작물의 상태는 말이 아니었고 진흙 속에서 수확한 수박들을 작업장으로 보내면 거기서 또 터지고, 묻은 진흙을 닦아내며 작업을 하니 닦은 부위가 썩기 시작하고, 마음이 아프고 힘들었던 일도 있었다.

농업이 어려운 이유는 불확실성 때문이다, 열심히 키운 작물도 한순간 안 좋아질 수 있는데 이걸 농민이 컨트롤 할 수 없다는 것이다. 그리고 잘 돼도 문제이다. 모든 농민이 농사를 잘 지으면 그 작물은 가격이 폭락한다. 내 농사는 잘되기를 바라고 남은 망하기를 바라야 하는 모두가 잘될 수 없는 그런 안타까움이 있다.

안 좋은 얘기를 많이 했으니 좋았던 이야기로 마무리하겠다. 농사에서 가장 뿌듯했을 때는 처음으로 제대로 키워서 제대로 가격을 받고 돈을 벌었을 때이다. 농업에 뛰어들어 제대로 성공한 농사를 지어보지 못하고 있을 때 처음으로 하우스 수박 농사가 잘되었다. 언제나 포전 매매로 판매하면 처음 계약 금액에서 이리저리 트집 잡혀서 가격도 깎이고 재배과정에서 실수도 잦고, 어설픈 부분들이 있었는데 처음으로 계약금도 다 받고 남들에게 보여줄 수 있을 만한 농사를 지었다. 농업을 통해 돈만 벌면 된다고 생각했었는데 작물을 보고 뿌듯했던 것도 처음이었다. '내가 뿌듯할 정도로 잘 재배해야 돈을 벌 수 있겠구나.'라고 생각을 바꿀 수 있었던 계기가 되었던 작기였다. 이런 기억들이 농사를 계속 짓게 하는 원동력이다. 자만하지 않고 묵묵히 꾸준히 하다 보면 좋은 기억들이 많이 쌓이게 된다.

3. 나에게 도움이 된 정보 또는 사업(후배에게 도움이 될 정보)

시작이 된 것들

첫째로 도움이 되고 추천할 만한 것은 4-H 연합회이다. 나는 귀농에 가까운 형태로 농업을 시작했다. 아버지가 전북 고창에서 일을 계속했지만 난 초등학교 때 떠난 이후 고창을 12년 만에 내려가는 것이었다. 그마저도 초등학교 때 기억이 잘 나지 않아 낯선 지역이나 마찬가지였다. 귀농 이후 내가 접하는 정보와 친구, 사회적인 관계는 4-H에서 출발했다. 농촌은 20~30대가 많이 없다. 몇 년 전에 들어간 농민회, 방범대, 동네 청년회는 활동한 지 5년이 되었지만, 아직도 막내를 못 벗어나고 있다. 그런 의미에서 4-H는 또래이면서 같은 농업을 하는 친구들이 모일 수 있는 좋은 기회였다. 농촌은 지역사회의 힘이 강하고 텃세가 있는데 지역사회에 녹아드는데도 4-H가 큰 도움이 되었다. 그리고 중요한 것이 농업기술센터를 자주 가고 공무원분들과 친해질 수 있어 정책에 대한 정보를 들을 기회가 많다. 또, 이미 정책사업을 받은 선배님들이 있어서 정책이나 재배 노하우 등 여러 도움을 받을 수 있었다. 지금도 나에게 가장 도움을 많이 주는 선배님들과 내가 도와주려고 노력하는 후배들도 모두 여기서 만났다. 마지막으로 만약 기회가 되고 여력이 있다면 4-H 회장을 해보기를 권한다. 어린 나이에 한 단체의 단체장을 할 수 있는 기회는 4-H뿐이라고 생각한다. 4-H 연합회 회장을 하고, 많은 생각이 바뀌었다. 회장이라는 자리에서의 책임감, 부담감도 느껴보고 단체장님들이나 공무원, 의원님들, 군수님과 만날 기회가 많아지고 정책에 대한 정보도 빠르게 얻을 수 있다. 보는 시야가 많이 넓어진다. 특히 리더십에 대해 많이 생각하게 되었고 이게 앞으로 사장으로서 농장을 운영할 때 크게 도움이 될 거로 생각한다.

두 번째로 청년후계농 육성 사업이다. 농업을 시작하는 창업농, 또는 시작한 지 얼마 되지 않은 청년 농업인이 받기에 가장 좋은 사업이라고 생각한다. 나는 자격조건이 안되어 받지 못하였다. 그래서 청년후계농 사업이 얼마나 좋은 사업인지 더욱 잘 알 수 있었다. 대신 나는 후계 영농경영인 육성 사업을 받았다. 청년후계농과 비슷하지만, 대출만 나오고 지원은 나오지 않는다. 농업을 시작하는 대부분 청년이 이 두 개의 사업으로 농지를 사고 농장을 꾸리기 시작한다. 청년후계농 사업의 좋은 점은 월마다 지원금이 나온다는 것이다. 농업은 마지막 수확물이 나오기 전까지는 수입이 없다. 8년 차인 나도 아직 자금 운용 부분에서 완벽하지 않아 마지막쯤 가면 생활비가 부족한 경우가 생기는데 청년후계농은 이 부분을 완벽하게 해결할 수 있다. 초기 농업을 시작하고 자리를 잡는 기간 동안 도움을 받을 수 있는 사업이다. 위의 2가지의 장점은 다른 사업과의 연계가 좋다는 것이다. 4-H는 지역사회 점수가 있는 사업에서 추가점을 받을 수 있고 4-H로 받을 수 있는 사업들도 존재한다. 청년후계농 사업 역시 다른 사업의 우선순위가 되는 경우가 많아 추가적인 지원을 받기 좋은 사업들이다. 청년이라는 물이 들어올 때 열심히 노를 저어야 한다.

4. 과거로 돌아간다면…. 이렇게 준비하겠다

후회 아닌 후회

만약 과거로 돌아가서 농업을 시작하게 된다면 나는 조금 늦게 농업에 들어오고 싶다. 너무 일찍 들어와서 후회한다기보다 2020년 이후 농업을 시작하는 청년들에게 주어지는 혜택이 너무나도 매력적인 것들이 많기 때문이다. 특히 농업에 너무 빨리 들어와서 받지 못했던 청년후계농 사업부터 시작해서 농어촌 공사에서 농지 취득 이력이 없어야 받을 수 있는 임대 사업 등 지금의 나처럼 어중간하게 자리를 잡아가는 농가보다 지금 들어와서 혜택을 받고 따라오는 청년 농업인들이 더 빠르게 쫓아오는 것처럼 느껴지기 때문이다. 그래서 과거로 돌아간다면 청년 농업인에 대한 혜택이 생기기 전에 다른 큰 농장의 재배사나 농업 관련 자재, 시설, 유통 등의 분야의 회사에 다녀보고 농업에 뛰어들어 청년 농업인 혜택도 받으면서 더욱 넓은 시야를 가지고 농업을 준비할 수 있지 않았을까 싶다.

과거로 돌아가 농업을 다시 준비한다면 정책에 대해서 좀 더 공부할 것이다. 지금이야 농업에 종사한 지 8년 차에 있어서 농업 관련 정책도 많이 알고 지원사업도 받았지만, 처음부터 준비하고 왔다면 몇 년 일찍 자리를 잡고 한 명의 농업인으로써 농장을 운영하게 되는 시기가 더 빨리 왔을 것이다.

처음 농업에 뛰어들어 어려웠던 부분이 바로 멘토의 존재였다. 연고가 없는 지역이다 보니 아는 사람도 많지 않고 내가 하는 작물에 대해 관심을 두고 조언을 구할 멘토가 없었다. 지역사회에 대한 성향도 잘 몰라서 지레 겁먹고 혼자 농사를 지었지만, 지금처럼 발로 찾아가서 직접 일하고 조언을 구할 수 있는 용기가 처음부터 있었다면 더 빨리 멘토를 찾고 더 나은 농사를 지을 수 있었을 것이다.

정리하자면 정책을 고려하여 미래 계획을 짜고 이 계획에는 자신이 원하는 조건을 충족하는 지역 선택, 그 지역에 있는 정책들과 지역 성향, 재배 유형, 작물 등으로 장기 계획을 세우고 계획에 맞는 땅을 산다. 그리고 농업에서 가장 중요한 것은 누가 지원을 많이 받고 땅을 잘 사고 이런 것이 아니라 농산물 재배를 얼마나 잘하느냐가 기본이 되어야 한다. 멘토를 구하고 재배 기술을 습득하고 찾아다니는 일은 농사를 시작해서 가장 고민하고 기초가 되어야 한다. 직접 경험으로 깨닫는 것도 좋지만 처음부터 이 부분을 준비해서 농업을 시작했다면 더 좋은 결과가 있었을 것이다.

5. 청년 농업인으로 이루고 싶은 나의 목표

선구자가 될 거다

나는 미래 농업으로 농업을 선도하는 농업인이 되고 싶다. 세상이 많이 바뀌었다. 인공지능이 나오고 우주선을 재활용하고 자율주행이 나오는 시대이다. 농업도 드론 방제 스마트팜 등 계속 발전하고 있지만 나는 이제 시작이라고 생각한다. 인공지능을 이용한 농업, 로봇을 이용한 농업 등이 얼마 남지 않았다고 생각한다. 2022년부터 나는 김제 스마트팜 혁신밸리에서 진행하는 스마트팜청년창업보육사업에 선정되어 교육받고 있다. 준비된 자가 기회를 잡는다고 앞으로 나올 미래 농업기술의 기초는 스마트팜이라고 생각한다. 여기에 기술들이 추가되어 점점 미래 농업이 되어갈 것이다. 배울수록 보인다고 스마트팜 교육을 받으면서 농업의 새로운 부분에 눈을 뜨게 되었다. 앞으로 농업의 방향이라고 생각했다. 스마트팜은 하늘에 맡기고 감으로 하는 농사가 아닌 데이터를, 수치를 근거로 작물을 재배하고 자동화를 통해 변수를 줄일 수 있는 변해가는 시대를 따라가는 농업이다. 일생을 농업에 종사한 베테랑 농부들에게도 흉년이 오고 기후는 매년 예측하기 어려워지고 있는 지금 나는 스마트팜 온실을 꿈꾸고 있다.

나는 온실 3,000평을 목표로 하고 있다. 아직 먼 목표이지만 조금씩 꾸려나가고자 한다. 내가 있는 전북 고창은 아직 성공한 스마트팜 사례가 없다. 먼저 그 사례가 돼보려고 한다. 스마트팜 교육이 끝나면 600~1,000평 나의 여건에 맞춰 적은 평수로 시작하여 성공사례를 남기고, 고창에 스마트팜이 가능하다고 충분히 가능성을 가졌다고 알려, 스마트팜을 꿈꾸는 후배들과 동료들이 더 많은 지원과 관심을 받을 수 있게 하는 것이 내가 목표를 향해 가는 방법이다. 혼자만 나아가는 농업은 멀리 가지 못한다. 나와 함께 같은 방향으로 나아갈 동료들을 만들고자 한다. 목표는 3,000평 규모지만 그 이상의 기업화된 농업을 실현할 수 있게 될 것이다. 나는 혼자 성공한 농업을 원하진 않는다. 친구들과 동료들과 함께 청년 농업인으로써 일어서고, 청년 스마트팜을 대표하여 앞서가는 기술을 접목한 농장을 운영하며 후배들을 끌어주고 모범사례가 될 수 있는 그런 농업인이 되고 싶다.

이 수기 공모전을 잘 기억해 두길 바란다. 머지않아 김원이라는 청년 농업인에 관한 이야기를 들을 수 있을 것이다.

홍석진

지속 가능한 시골에서의 삶 (feat. 반농반X)

1. 농업인이 되기 전 하던 일, 영농 종사 계기

서울에서 광고 스튜디오에서 광고사진 업 어시스트로 사진 촬영 일을 시작했습니다. 그 후 기업홍보팀에 입사해 미디어 제작 업무를 하였습니다. 사진 촬영 외 영상 촬영 및 제작, 디자인 영역까지 업무를 확장하였습니다. 저의 마지막 직장은 국가기관 무기계약직이었습니다. 안정된 직장이었으나 근무 중 실수를 해 경위서를 쓰고, 주어진 일 없이 방치되었습니다. 직장 내에서 가치 없는 사람으로 낙인찍혀 어떤 것도 손에 잡히지 않았습니다. 안정된 곳이 정말 안정된 곳일까? 힘들었던 직장생활에서의 유일한 낙은 점심시간 밥을 일찍 먹고 서점에 가서 책을 읽는 것이었습니다.

여러 책을 읽다가 '숙박민박업'이라는 사업을 발견했습니다. 직장생

활이라는 틀에서 벗어나 사업을 진행할 수 있겠다는 자신감을 얻었습니다. 용기 내어 저자에게 전화를 걸어 여러 얘기를 나눈 뒤 컨설팅을 받기로 합니다. 관광도시 강원도에서 시작하면 서울과의 접근성도 좋을 것 같아 주말마다 강원도 이곳저곳을 임장 다녔습니다. 그중 강원도 영월이 제 마음속에 들어왔으나 운영하기에 마땅한 숙박업소는 없었습니다. 귀촌 정보를 얻기 위해 농업기술센터 귀농귀촌팀에 연락해 다양한 정보를 얻다가 포도밭을 운영하는 대표님을 소개받아 귀촌이 아닌 귀농에 대한 앞으로의 계획을 세워나갈 수 있었습니다. 상담을 마친 후 부동산에 바로 연락해 가족과 함께 살 집(아파트 전세)을 알아보았고, 일주일 뒤(2020년 11월 28일)에 아내와 아이랑 함께 다시 찾아와 부동산계약을 하였습니다.

너무 빠르게 결정한 것 같지만, 강원도 부동산 임장을 다니면서 많은 생각을 했습니다. 인구밀집도 높은 서울에서 태어나 줄곧 서울이 답인 줄 알았습니다. 충청북도 어느 산골에서 태어나 농사일만 하다가 돈을 벌기 위해 서울로 상경하신 아버지는 일찍 결혼하고 난 후 관광버스를 운행하셨습니다. 평생 열심히 성실하게 일하신 아버지는 5년 전에 위암으로 돌아가셨습니다. 아버지를 생각하며 아이를 키우다 보니 아이를 어떻게 키워야 할지에서부터 어떤 아빠가 되어야 할까 고민이 많았습니다. 숱한 고민이 꼬리를 물다 보니 미래에 대한 청사진을 시골에 그리면서 정답이라는 건 존재하지 않고, '나다운 삶을 찾아야겠구나!' 생각이 들었습니다. 그 삶은 서울이 아닌 '시골이 더 어울리겠구나!' 결심이 들었습니다.

2. 영농과정의 좋았던 일, 어려웠던 일, 극복까지의 과정

앞서 영농결정에 큰 영향을 주신 포도밭 대표님께 전입일 다음 해 '신규농업인 현장실습 교육'을 받았습니다. 가지치기에서부터 곁순 손질, 알 솎기, 봉지 씌우기, 차광막 교체 등 다양한 일을 하면서 몸으로 직접 체득하였고, 각 작업에 있어 왜 해야 하는지에 대한 설명도 꼼꼼하게 해주셨습니다. 코로나 시국이어서 서울에서부터 마스크를 늘 쓰고 있었던 때였는데 농장에서는 마스크를 벗고 초록 식물과 온종일 마주하니 농업이 곧 치유로 이어졌습니다. 몸은 힘들었지만, 매일 보람된 하루하루를 만들어 나가고 있어 만족감이 컸습니다. 그런 와중에 교육실습 강도가 너무 높아 힘에 버거울 때가 조금씩 늘어났습니다. 멘토·멘티 방식이, 꼭 직원으로 들어가서 일을 하는 것처럼 느껴졌거든요. 소통의 방식이 원활하게 이뤄지지 않아 양해를 구하고 도중하차를 하였습니다.

그 후 청년 창업농에 선정(2021)되어 포도 재배를 위해 포도밭을 구매하였고, 더욱이나 가장 믿고 의지했던 대표님과의 이별이 앞으로의 영농생활에 큰 문제가 되지 않을까 싶었습니다. 그런 와중에 영월 청년사업단 지원사업 중 〈예비사업자 인큐베이팅〉에 선정되었습니다. 지속가능한 농업을 꿈꾸고자 여러 작물이 한데 어울려 숲을 이루게 하는 퍼머컬처를 도입해 보려고 컨설팅(지원사업 1년 차)을 받았습니다. 뜻은 너무 좋았으나 초보 농사꾼에게 생산성이 별로 없었고, 컨설팅을 진행한

업체의 태도, 실력 등이 사업 진행하면서 실망을 많이 느끼는 부분이 많아 결국 시간과 돈이 낭비되었습니다. 농장을 설계할 때는 내 생각만 우선시해서는 절대 안 되고 주변 농가 선배님들의 조언 및 농장 형태에 따라 전략이 필요하다는 생각이 들었습니다.

현재는 구매한 땅에 집을 지어 귀농으로 접어두었던 민박임대업을 농어촌민박으로 계획을 확장 시켰습니다. 포도 재배가 아닌 토종 다래로 작물 선택을 바꿔 현재 400평 규모의 덕 시설을 조성하였고, 단순한 1차 농산물생산이 아닌 융복합사업을 위해 체험 공간(온실)도 조성계획 중입니다.

3. 나에게 도움이 된 정보 또는 사업(후배에게 도움이 될 정보)

현재 귀농과 귀촌의 경계선에 있습니다. 농장을 조성하는 데 있어 바로 수확이 나지 않기 때문에 기존 업무(미디어 제작)를 하면서 부수입을 얻고 있습니다. 영월은 올해(2023년) 법정 문화도시가 되었습니다. 법정 문화도시가 되기 전에 문화도시 지원센터에서 2년 넘게 열심히 달려온 결과이기도 합니다. 그 과정에서 서포터즈, 청년주도사업 등을 통해 영월 콘텐츠 제작을 통해 로컬크리에이터 역할을 하였습니다. 열심히 하다 보니 조금씩 미디어 제작 업무를 할 수 있는 기회가 생기면서 수입이 조금씩 늘어나기 시작했습니다. 그렇다고 농사를 포기하고 싶지 않았습니다. 서울에서의 힘든 시간을 농업으로 치유하였기 때문입니다.

청년창업농이 되면 3년 동안 매달 지원금이 나올뿐더러 저금리로 5억까지 대출을 받을 수 있습니다. 대출금은 토지구매 및 묘목구매, 하우스/온실 제작, 화물차 구매 등 다양하게 활용할 수 있습니다. 경영체 등록을 하고 일정 기간이 지나면 매해 직불금을 받을 수 있고, 트럭을 타고 다니면 면세유를 구매할 수 있습니다. 청년을 위한 지원사업은 무궁무진합니다. 다양한 보조사업과 지원사업을 통해 저렴한 가격으로 영농생활을 할 수 있습니다. 강원도 일자리재단, 강원창조경제혁신센터, 강원농업기술원, 농업기술센터 등 홈페이지 공지 사항을 매일 들여다보면 각종 보조/지원사업 및 영농교육을 들을 수 있는 정보를 확인할 수 있습니다. 지원사업에 너무 몰입하다 보면 정작 본인의 사업에 신경쓰지 못하고 서류 작성하느라 끌려다닐 수 있어서 전략을 세워 준비하는 것이 필요합니다. 농사를 지으면서 본인이 잘하는 일을 할 수 있도록 가이드 역할을 해준 책 〈반농반X의 삶〉을 추천합니다. 지속 가능한 시골에서의 삶을 어떻게 설계하고 영위해갈 수 있는지 힌트가 많이 숨겨져 있습니다.

4. 과거로 돌아간다면…. 이렇게 준비하겠다

시골에 내려오면 1년 정도는 생계를 위한 조금씩 일을 하면서 앞으로의 삶을 어떻게 꾸려나갈지 계획을 세울 것 같습니다. 처음부터 땅을 사고 집을 짓고, 밭을 운영한다고 하면 전략을 세울 수 없습니다. 전략 없이 여러 사람의 조언에 따라 끌려가다 보면 결국 과거 농업인 선배들이 했던 1차 생산방식에 머무르게 됩니다. 지금은 6차 산업(융복합사업)을 지향해야 합니다. 농사를 기반으로 다양한 일들을 함께 진행해야 승산이 있다는 걸 깨달았습니다. 그러려면 학습과 경험이 필요한데, 시골에는 그런 기반(시스템)이 잘 갖춰져 있습니다. 중형 굴착기 작업이 필요해서 기사님을 구해 작업을 했더니 3일 예상했던 일이 2주일이 걸려 공사비(1일 60만 원*10=600만 원)가 많이 나왔습니다. 몇 달 전에 중장비교육을 통해 소형 굴착기 면허가 나와 농기계임대사업소에서 하루 빌려 작업하니 '나도 할 수 있구나!'하는 뿌듯함 획득과 더불어 경비(1일 대여료 7만 원, 50% 할인해 3만5천 원)가 많이 절감되었습니다.

이렇게 일 년 동안 학습을 통해 농사와 다양한 경험을 하고 나면, 본인과 비슷한 성향을 지닌 분들을 만나게 됩니다. 나와 결이 맞는 사람들과 좋은 이웃 관계를 형성하면 됩니다. 가까이 사는 동네 사람 모두가 곧 이웃이 되는 건 아닙니다. 특히 토지를 구매할 때 주변 사람들이 어떤 사람이 있는지 아는 것은 무척이나 중요합니다. 문화 다양성에 살고 있더라도 나와 너무 결이 맞지 않는 분들과 매일 함께 어울려 살아가야 한다면 그만큼 고통이 어디 있을까요? 더 중요한 건 지역과 사람을 받아들일 준비가 되어 있어야 합니다. 타지에 온 사람들을 두 팔 벌려 환영하고 도와주는 경우는 흔치 않습니다. 오히려 경계하고 조심스러워 합니다. 도움을 요청하고 고맙다는 답례를 하고, 도움을 드리며 서로 배려와 양보를 하는 관계를 형성하는 것이 미덕이라고 생각합니다. 시골에 내려와 모든 관계가 완만하지 않았습니다. 좀 더 성숙한 자세로 성장하며 건강한 관계를 형성하는 것이 중요합니다.

5. 청년 농업인으로 이루고 싶은 나의 목표

제가 잘하는 일은 콘텐츠 제작입니다. 영월 홍보대사라고 불릴 만큼 영월 관련 콘텐츠를 제작해 SNS에 업로드하고 있습니다. 작년부터 시작해 현재 영월농업기술센터 동네 작가로 활동 중입니다. 단순히 관광 요소 목적이 아니라 앞서 이야기했던 영농생활 과정을 있는 그대로 솔직하게 드러냅니다. 시골에서의 삶이 녹록지 않지만, 충분히 살만한 곳이라는 요소를 넣어 여러 채널을 통해 홍보하고 싶습니다. 저에게는 어린(5살, 2살) 자녀가 두 명 있습니다. 이중 막내는 이곳 영월에서 태어났고요. 청년들이 살기 좋은 곳이 아니라 아이들이 살기 좋은 곳이어야 저

절로 청년들이 모입니다. 혼자 사는 세상, 비혼주의가 많은 것은 점점 아이 키우기가 힘들다는 곡소리가 많기 때문입니다. 도시에서의 학업 위주 보육방식이라면 시골은 자연 친화적인 요소로 접근해야 합니다. 그 점을 강조한 삶을 영위해가는 것이 목표이고, 이런 모습들을 꾸준히 SNS에 올리려고 합니다. 저의 행복한 모습들을 보면서 귀농을 꿈꾸는 청년들이 많아졌으면 좋겠습니다.

온실을 지어 단순하게 농사만 짓는 것이 아니라 농사 외에 다양한 체험 및 문화 활동을 할 수 있는 6차 산업을 준비하고 있습니다. 청년들이 오고 싶어 하는 농장이면서 일하고 싶은 곳을 만들어 일자리 창출에도 힘쓰려고 합니다. 인구소멸위험지수가 높아지는 강원도 영월이 젊어지기 위한 노력을 지자체에서 많이 하고 있습니다. 시골에서 농사짓는 것이 마냥 힘들다는 편견을 없애기 위한 노력을 많이 하다 보면 자연스럽게 청년들이 모여질 거로 생각합니다. 그러다 보면 함께 일하는 젊은 농사꾼이 많아지지 않을까 싶습니다. 정해진 답은 없습니다. 시골에서 잘 살려면 부지런하고 겸손해야 하고, 무엇보다 나 자신을 바로 세워야 합니다. 그 과정은 무척이나 어려워 자주 무너지고 실패합니다. 그러나 포기하지 않고 꾸준히 하다 보면 도시보다 훨씬 더 나은 바른 삶을 살 수 있지 않을까 생각됩니다. 무엇보다 나다운 삶을 그려 나갈 수 있어 시골에서의 삶은 풍족하고 행복합니다.

어려운 환경에서도 농업 발전에 애쓰는
젊은 청년 농부들에게 응원을 보내며,
이 책을 통해 많은 청년들이 농업에 뛰어들 수 있는
도전 정신을 가졌으면 하는 바람입니다.